AF216776

Tucholsky   Wagner   Zola   Scott   Schlegel
Turgenev   Fonatne Sydow   Freud
                Wallace   Schlegel
        Twain   Walther von der Vogelweide   Fouqué   Friedrich II. von Preußen
                    Weber   Freiligrath
Fechner   Weiße Rose   von Fallersleben   Kant   Ernst   Frey
         Fichte   Richthofen   Frommel
        Engels   Fielding   Hölderlin
Fehrs   Faber   Flaubert   Eichendorff   Tacitus   Dumas
Feuerbach Maximilian I. von Habsburg Fock   Eliasberg   Ebner Eschenbach
                    Ewald   Eliot   Zweig
        Goethe   Elisabeth von Österreich   London   Vergil
Mendelssohn   Balzac   Shakespeare   Dostojewski   Ganghofer
        Trackl   Lichtenberg   Rathenau   Doyle   Gjellerup
Mommsen   Stevenson   Hambruch
        Thoma   Tolstoi   Lenz   Hanrieder   Droste-Hülshoff
Dach   Verne   von Arnim   Hägele
        Reuter   Hauff   Humboldt
Karrillon   Garschin   Rousseau   Hagen   Hauptmann   Gautier
        Damaschke   Defoe   Hebbel   Baudelaire
                    Descartes   Hegel   Kussmaul   Herder
Wolfram von Eschenbach   Dickens   Schopenhauer   Rilke   George
        Bronner   Darwin   Melville   Grimm Jerome   Bebel   Proust
        Campe   Horváth   Aristoteles   Voltaire   Federer
Bismarck   Vigny   Barlach   Heine   Herodot
                    Gengenbach
        Storm   Casanova   Tersteegen   Gilm   Grillparzer   Georgy
                    Chamberlain   Lessing   Langbein   Gryphius
Brentano   Lafontaine
        Strachwitz   Claudius   Schiller   Kralik   Iffland   Sokrates
                Katharina II. von Rußland   Bellamy   Schilling
                                    Gerstäcker   Raabe   Gibbon   Tschechow
Löns   Hesse   Hoffmann   Gogol   Wilde   Gleim   Vulpius
Luther   Heym   Hofmannsthal   Klee   Hölty   Morgenstern   Goedicke
Roth   Heyse   Klopstock   Kleist
Luxemburg   La Roche   Puschkin   Homer   Mörike   Musil
        Machiavelli   Horaz
Navarra Aurel   Musset   Kierkegaard   Kraft   Kraus
        Nestroy Marie de France   Lamprecht   Kind   Kirchhoff   Hugo   Moltke
                Laotse   Ipsen   Liebknecht
        Nietzsche   Nansen   Ringelnatz
                    Marx   Lassalle   Gorki   Klett
von Ossietzky   May   vom Stein   Lawrence   Leibniz   Irving
Petalozzi   Knigge
        Platon   Pückler   Michelangelo   Kock   Kafka
Sachs   Poe   Liebermann   Korolenko
        de Sade Praetorius   Mistral   Zetkin

Die Brautfahrt des Damian Zagg

Ludwig Ganghofer

Impressum

Autor: Ludwig Ganghofer
Umschlagkonzept: toepferschumann, Berlin

Verlag: tredition GmbH, Hamburg
ISBN: 978-3-8472-7070-6
Printed in Germany

Ludwig Ganghofer

Die Brautfahrt des Damian Zagg

Bevor ich die Epopöe dieser merkwürdigen Brautfahrt erzähle, hab' ich von Damian Zagg noch manches andere zu berichten. Sieben Jahre stand er als Jäger in meinem Dienst, und obwohl er sich schließlich die Stange bei mir zerbrach, so daß ich ihn nicht mehr halten konnte, fiel es mir doch schwer, ihn gehen zu lassen.

Da kam eines Tages der Förster zu mir und fragte, ob ich nicht einen Jäger brauchen könnte; er wüßte mir einen Menschen zu empfehlen, aus dem was zu machen wäre. Die Sache hätte nur einen kleinen Haken; der Damian Zagg wäre bisher ein scharfer Wildschütz gewesen. Und ein schlauer! Den man in zehn Jahren nicht ein einzigesmal erwischt hätte. Aber im Gefühl seiner erfolgreichen Schlauheit wäre er übermütig geworden und hätte am hellen Tag und ganz in der Nähe des Dorfes einen Rehbock geschossen. Und da wäre das Krüglein, das so oft zum Brunnen gegangen, endlich zerbrochen. Und der Danüan hätte vierzehn Tage brummen müssen. Wenn mich das nicht scheniere – ?

Nein, das schenierte mich nicht. Wildschützen, die nicht aus Gewinnsucht, sondern aus Leidenschaft wildern, sind noch immer gute Jäger geworden. »Bitte, Herr Förster, schicken Sie mir den Mann!«

Zwei Tage später kam der Damian Zagg. Ein Prachtmensch, der mir auf den ersten Blick gefiel. So an die Dreißig, und gewachsen wie ein Baum, mit pechschwarzem Haar und Vollbart, mit klugen, scharfen Augen, die feurig herausblitzten aus dem streng geschnittenen Gesicht. Sein breiter Rücken war ein bißchen gekrümmt – später sagte mir der Damian einmal: das käme vom Hirschtragen in der Nacht. Aber diese leichte Beugung tat seinem stattlichen Bild keinen Eintrag. Auch gut gekleidet war er. Man merkte gleich, daß Damian Zagg was hielt auf sich.

»Also?« fragte ich. »Sie waren ein Wildschütz?«

Bevor er antwortete, sah er mich an mit einem Blick, als müßte er mir durch die Nieren gucken. Dann sagte er ruhig: »Jetzt kon i allweil nimmer na sagen ... derzeit s' mi ein gspunna haben.«

»Und jetzt wollen Sie Jäger werden?«

»Ja, taat scho bitten.«

»Warum?«

»Weil is net lassen kon. Und in der Grichtssuppen hab i a Haar gfunden. I bin a bessere Kost gwöhnt.«

Wie er das sagte, das wirkte so drollig, daß ich lachen mußte.

»Da! Nehmen Sie einen Stuhl und setzen Sie sich! «

Er packte mit hartem Griff den hölzernen Sessel, stellte ihn fest auf die Dielen, strich mit der Hand über das Sitzbrett und ließ sich nieder.

»Jetzt erzählen Sie einmal! Wie war das mit dem Rehbock? Und wie kam es, daß Sie erwischt wurden?«

»Hat halt der Jager, dös Luader, z'Mittag amal net gschlafen! Sonst hat 'r sie allweil auffigflackt aufs Bett. Aber grad am selbigen Samste muaß 'r Spreißeln in die Augen ghabt haben! Und i hab halt dem Bock nimmer länger zuaschaugn kinna. Teifi, Teifi, a so a Bock! Und a Gwichtl! Da hab i koa zwoats net dahoam! Daß i dös Gwichtl nachher hergeben hab müassen ... dös hat mi anderst gfukxt.«

Von seinem Hof aus mußte der Damian das täglich sehen, wie der Bock sich in der Mittagszeit auf einem sonnigen Schlag ein bißchen umtat. Und da konnte der »Teifi«, der im Zagg rumorte, nicht länger zugucken. An jedem schönen Samstag also lauerte Damian, bis der Jäger von der Frühpirsche heimkam, und dachte ein Stündl später: »So, jetzt schlaft 'r! « Aber der Jäger hörte den Schuß, sprang gleich mit dem Perspektiv ans Fenster und sah, wie der Damian sich mit dem Bock in die Stauden drückte, um da gemütlich den Abend heranzuwarten. Doch statt der ersehnten Dunkelheit kam der herzogliche Jäger und stellte sich mit gespannter Büchse vor die

Staude hin: »Geh, du, komm aussi! D' Schandarm, die warten scho drunt auf di!« Da half nun keine Schlauheit mehr. Und jeder Widerstand wäre nutzlos gewesen. »Mei Büxl hätt 'r aa no gearn haben mögen. Aber, du paß auf, hab i gsagt, da greif net oni, da is hoaße Fetten dran! Na na! 's Büxl hab i scho selber hoamtragen. Dös hätt i mer net nemma lassen, net ums Verrecken! Den Rehbock, meintwegen, den hat 'r tragen kinna.« Damian schmunzelte. »Geschwitzt hat 'r wie a Sau! ... No ja, nacher haben s'mi halt vierzehn Täg eingnaht!«

Zu dieser Geschichte, die ich da knapp in ein paar Zeilen festhielt, brauchte der Damian Zagg eine geschlagene Stunde. So anschaulich erzählte er, daß ich jeden Grashalm sich biegen sah, jedes welke Blatt vor seinen schleichenden Füßen rauschen hörte, jeden Flimmerglanz der Sonne fühlte und fast jedes Härlein am Rehbock zählen konnte. Und als der herzogliche Jäger plötzlich vor der Staude stand, da sah ich sogar, daß ein Knopf an seiner Joppe fehlte und daß seine grüne Weste mit Eiergelb betrenzt war.

Mochte aus diesem Wildschützen ein guter oder schlechter Jäger werden, gleichviel, diesen Damian Zagg wollte ich behalten, und wär' es nur, um ihn erzählen zu hören.

Als ich ihm sagte, daß er sofort als Jäger bei mir eintreten könnte, blieb sein Gesicht ruhig. Nur in seinen Augen war ein Lachen. Und während ich ihm die Pflichten seines Dienstes vorhielt und beifügte, daß jeder tüchtige Jäger friedlich mit mir auskäme, daß aber, wenn ich den Dienst leiden sähe, mit mir nicht gut kirschenessen wäre, guckte er mich aufmerksam an, und sein rechtes Auge wurde ein bißchen kleiner. Ich möchte wetten, daß er sich in diesem Augenblick dachte: »Mit dir wear i scho firti! Von uns zwoa bin allweil i der gscheider!«

Dann stand er auf und streckte mir energisch die Hand hin: »Mit mir wearn S' zfrieden sein, Herr Dokter! Da weard nix fehlen! «

Dieses Versprechen erfüllte sich auch, soweit es den Jäger betraf. Unter den vielen Jägern, die in 30 Jahren durch mein Leben gegangen sind, war Danüan Zagg der beste. Er war in seinem Revier daheim wie mit der Faust in der Joppentasche. Jeden Hirsch und Gemsbock kannte er, nicht nur nach Standort und Gewohnheit seines Wechsels, sondern so, wie unsereins die Menschen an den

Gesichtern unterscheidet. Und im Winter sorgte er für sein Wild wie ein braver Hausvater für seine Familie. Mit ihm zu pirschen, das war ein Hochgenuß. Solange man nicht in Wildnähe war, erzählte und plauderte er mit einem trockenen Humor, den man nicht satt bekam. Und alles sah er, auf alles machte er einen aufmerksam. Er hatte Sinn für die Natur, für Stimmung und Beleuchtung, und liebte die Blumen. Auf jedes seltene Stäudlein wies er hin. Dann plötzlich sagte er: »Jetzt müassen mer aber stad sein! « Und da flüsterte er nur noch die nötigsten Worte, und seine Art, sich zu bewegen, wurde eine ganz andere. jeder Schlich und Wechsel des Wildes, die wirre Dickung und das einförmige Steinmeer waren ihm so vertraut wie dem Fuhrmann die Landstraße. Brachte die Pirsche eine Schwierigkeit, so wußte er im kritischen Moment immer gleich das Richtige und tat es auch sofort. Doch bei aller äußerlichen Ruhe wühlte in ihm eine brennende Aufregung, die sich in etwas absonderlicher Weise bemerkbar machte: er mußte alle paar Minuten beiseite treten. Aber dieser Ausdruck ist nur *sub rosa* zu fassen, denn Damian tat dabei keinen Schritt nach rechts oder links. Ich fragte ihn einmal, ob er leidend wäre.»Gott bewahr! Aber bal ebbes Schußbars umanand is, kon i vor lauter Fiebern 's Brünndl nimmer derhalten.« Lag das Wild, dem der Pirschgang gegolten, so war dieses Leiden sofort verschwunden. War aber der Pirschgang resultatlos verlaufen, so pflegte es immer noch eine Weile anzuhalten. Daß man darüber lachen und Scherze machen konnte, begriff er nicht.»I woaß net, was unsere Herrn allweil haben! Dös macht ja bloß mir an Arbet!«

Nicht nur als Jäger, auch sonst, in allen praktischen Dingen des Lebens, war er geschickt und findig. Wenn er was anpackte, traf er immer gleich den Nagel auf den Kopf. Alles Handwerk verstand er, und was er schlosserte, zimmerte oder schreinerte, das kam immer tadellos und sauber aus seiner Hand.»Bal ebbes machst, da muaßt es richti machen! « Das war einer von seinen Lieblingssprüchen.

Freilich, der Gang seines Lebens war auch eine Schule für alle Arbeit gewesen. Er war der Sohn eines Försters, der den halbwüchsigen Buben lieber mit auf die Pirsche nahm, als daß er ihn in die Schule schickte. Und als der Vater frühzeitig gestorben war, mußte der Bub mit seiner Mutter weiterhausen und überall zugreifen, wo es was zu verdienen gab. Er wurde Holzknecht, Pechsammler,

Schmuggler, Fischer, Flößer, Zimmermann, und schließlich Träger und Treiber bei den großen Jagden des Herzogs, in dessen hirschreichen Revieren sich der Damian auch still und vorsichtig zum Wildschützen ausbildete. Weil er genügsam und haushälterisch war, brachte er auch was vorwärts und hatte sich ein kleines nettes Anwesen zusammengespart, das in einem fünf Stunden von unserem Jagdgebiet entfernten Dorfe lag und von seiner alten Mutter bewirtschaftet wurde, die der Damian, seit er mein Jäger geworden, jedes Jahr ein paarmal besuchte.

Um von der Geschicklichkeit und rücksichtslosen Energie, mit der er eine ihm neue Sache anfaßte, ein Exempel zu bringen, will ich erzählen, wie der Damian Zagg das Radfahren lernte. Als damals das Radeln sich in den Gebirgsdörfern einbürgerte, meinte der Damian eines Abends, das wäre nicht schlecht, wenn er so manchmal an einem freien Sonntag die fünf Stunden zu seiner Mutter »aussisausen« könnte. Gleich am andern Morgen borgte er sich vom Postboten das Rad aus. Der Platz, auf dem er das Radeln üben wollte, war eine schlechte, mit groben Steinen besäte und von Schrunden durchrissene Waldstraße, zwei Meter breit, links die Felswand und rechts der Absturz in das Bachbett. Und das Rad packte er an, wie man einen Stier, dem nicht zu trauen ist, bei den Hörnern faßt. So hab ich in meinem Leben nicht oft gelacht wie damals, als ich dem Damian Zagg zuguckte, wie er das Radfahren lernte. Bei jedem Purzelbaum, den er machte, fluchte er verwundert: »Teifi, Teifi! Hat's mi scho wieder grissen! « Nach zwei Stunden war das Rad eine unreparable Ruine. Aber der Damian Zagg war ein perfekter Radfahrer. Dem Postboten bewies er, daß die Maschine »eh scho nix nutz« gewesen wäre, bezahlte ihm »aus reiner Guatigkeit« ein paar Mark Entschädigung – und für sich selber kaufte er ein neues, gutes Rad, das er so vorsichtig behandelte wie der Apotheker die Quecksilberflasche.

Bei einer heitern Festlichkeit, die wir zum Gaudium unseres Personals veranstalteten, gab es auch ein Preis–Tennis für die Jäger, die natürlich noch nie ein Raket in der Hand gehabt hatten. Sie machten Sprünge nach den Bällen wie die Katze nach der flinken Maus. Es war, um sich krumm zu lachen. Diese plumpen, derben Kerle! Wie die da hüpften und sinnlos auf dem Rasen umherjagten, in den sie mit ihren Nagelflößen tiefe Löcher hineinsprangen! Die anderen, als sie nichts fertig brachten, wurden verlegen und schämten sich ihrer Ungeschicklichkeit und des Mißerfolges. Damian Zagg aber geriet in eine Wut, daß sein Gesicht mauerbleich war, und daß er an den Augen das Weiße herausdrehte. Sein Blick schärfte sich gleich dem Blick eines hungrigen Adlers, und an seinen Gliedern strafften sich alle Muskeln wie am Körper eines Raubtiers, das um sein Leben ringt. Und richtig wurde er Sieger im Turnier! Niemals hab ich im Blick eines Menschen solch einen heißen Stolz gesehen, wie er dem Damian Zagg in den Augen glänzte, als er den Preis in Empfang nahm: die zehn Mark und das seidene Fähnlein.

Ähnlich war's auf der Kegelbahn – da nahm er immer die Kugel in die Hand, wie ein starker Mensch sein Schicksal – gleichviel, ob um Geld oder um die Ehre gekegelt wurde. Und das galt ihm wie ein hoher Merktag seines Lebens, als er endlich auf der neuen Bahn herausgefunden hatte, wie man für einen sicheren Schub die Kugel auflegen mußte.

Aber die höchste unter seinen Künsten war doch seine Art, zu erzählen. Aus der kleinsten, unscheinbarsten Sache wußte er was Merkwürdiges zu machen, durch die humoristischen Lichter, die er überall aufsetzte, und durch die spielende, spöttische Überlegenheit, mit der er den Stoff behandelte.

Wenn er mit einem Jagdgast von der Pirsche heimkam, war es für mich immer ein Hauptvergnügen, mir die Geschichte dieses Pirschganges zuerst von dem Gast und dann vom Damian erzählen zu lassen. Das gab immer zwei Geschichten, die einander glichen wie Faust und Auge. Und ohne gerade was grob Verletzendes zu sagen, spickte Damian die Geschichte so reich mit den Kletten seines Spottes, daß der Gast sie nicht hätte hören dürfen.

Da bekam er einmal einen ellenlangen Herrn zu führen, der mit Röhrenstiefeln zur Gemsjagd ausrückte. »Sakra«, staunte Damian, »Sö wearn aber die Gamsböck abireißen von der Wand! Wie der Burgermoaster die Kalenderblattln!« Am Nachmittag, als die beiden ohne Gemsbock heimkehrten, schmunzelte und nickte mir Damian schon von weitem zu. Der Gast, dessen Stiefelröhren von hundert Steinrissen durchsäbelt waren, erzählte schwitzend und erschöpft: das wäre ein hochinteressanter Weidmannsgang gewesen; er hätte drei kapitale Böcke rege gemacht; leider wäre ihm der erste Schuß vorzeitig abgegangen, das zweitemal hätte er so unsicher gestanden, daß die Lanzierung eines korrekten Schusses absolut unmöglich gewesen wäre, das drittemal hätte die Patrone nachgebrannt, und ein vierter Bock, den sie noch auf dem Heimweg überraschten, hätte sich französisch empfohlen. Aber ein herrlicher Anblick wäre das gewesen! Dieses imposante Bild der Natur! Dieser grandiose Schwung der Berge! Auf Schritt und Tritt dieser heiß erregende Kampf mit der Gefahr! Einfach unvergeßlich fürs Leben!

Damian Zagg, als er mit mir allein in meiner Stube war, fing zuerst unter Zorn und Lachen sein übliches Fluchen an: »Teifi, Teifi, Teifi! I hab scho viel umananderzarrt auf die Gamsberg. Aber so an stockboanigen Lippl hab i meiner Lebtag no net gsehgn. Dahergstiegen is er wie der Storchenvogel. Und bal der Steig schmäler woam is als an Meter, hat 'r vor Angst scho gnackelt an Händ und Füaß. Den Hals hat 'r wie a Wagendeixel aussigschoben und mit die Stiefelröhren hat 'r gscheppert, daß der Mesner am Karfreitag mit seiner Ratschen gar nix is! Natüarle san die Gamsböck auf fünffiundert Gäng scho davongsaust. Und da hat 'r nachipulvert, daß i gmoant hab, i bin bei Marladuhr! Wie er den dritten gfait hat, hab i gsagt: »Sö gfallen mer! Schaugn mer, daß mer hoam kemma! « Aber da hat 'r allweil gmoant: »Bropüren wür die Sache nochchch einmahl! « Ja, Schnecken, hab i mer denkt! Aber wie's der Teifi will, auf'm Hoamweg, da schaug i, der weil i grad mei Pfeifen stopf, so ummi über a Gratl, und da blitzt mer ebbes her durch die Graserln, dö si so fei allweil grüahrt haben im Sunnawind! Und richti! Liegt a Gamsbock da auf hundert Schritt. »Sö«, sag i und pack den Lippl bei der Stiefelröhren, »da liegt a Gamsbock, toan S' Eahna doch ums Herrgottswillen nieder! « Aber net ums Verrecken hätt 'r sie niedertan! »Sö«, sag i, »bal S' Eahna net niedertoan, muaß Eahna ja der Gamsbock sehgn!« Wissen S', was 'r gsagt hat? »Soll er müch sähen!« Da kunnt oan doch der Teifi kreuzweis holen! Natüarle hat der Gamsbock zammpackt und hat eahm übem Buckel her no ebbes gsagt.« Damian lachte. »Aber dös hat der ander net verstanden, der muaß net gut deutsch kinna!«

Ein andermal verbrachte Zagg mit einem Pirschgast die Nacht in der Jagdhütte am See. Nach der Heimkehr lachte Damian schon, als er in meine Stube trat.

»Na, Dami«, fragte ich, »wie war's denn?«

»Herr Dokter, dös is koa Mensch!«

»Warum soll denn der Baron kein Mensch sein?«

»Na! Dös is koaner! Dös is a Wasseramschtel!«

»Was ist er?«

»A Wasseramschtel! ja! Z'earst hat 'r an Gamsbock hergfait, den a Blinder mit'm Stecken hätt derschlagen kinna. Und auf d' Nacht, wia mer in d' Hütten kemma san, hab i eahm drei Zuber Wasser auffiholen müassen aus'm See. Und da hat 'r si nacket auszogen, wuzelnacket... ausgschaut hat 'r wie a Heiliger nach der Marterung ... und da hat 'r die drei Zuber Wasser über si abigossen. Und brietschelt hat 'r, grad wie a Wasseramschtel. Brrrrrr! Daß mer 's Wasser in d'Augen gespritzt is!« Dabei machte Damian mit Kopf und Armen ganz so flinke Bewegungen wie eine Wasseramsel, wenn sie badet. »Teifi, Teifi! A so a Narrenviech! Und den Bergstecken hat er allweil Ahlpensdock ghoaßen.« Er kratzte sich lachend hinter den Ohren. »Ja, is scho wahr! Heint in der Nacht, da hätt i bald an d' Seelenwanderung glaabt. « Dann machte er wieder ein ernstes Gesicht. »Und dö grauslichen Dinger, dö er an die Händ hat? Haben S' dö scho gsehgn?« Er meinte die langen, zärtlich gepflegten Nägel, die der Baron an den kleinen Fingern hatte. »Is dös a Krankheit?«

Das von der Seelenwanderung, das wußte er von mir. Davon hatte ich ihm einmal erzählt, um seine eigenen Ansichten über Leben und Sterben aus ihm herauszukitzeln. Aber allen spekulativen und religiösen Gesprächen gegenüber war Damian Zagg so vorsichtig, wie der Marder vor der schlecht geköderten Falle. So gesprächslustig er sich sonst auch gab – wenn ich auf dieses Thema kam, schwieg er beharrlich, zuckte die Achseln oder schmunzelte pfiffig, oder stocherte in seiner Pfeife herum. Einmal sagte er: »Ja, mei, a so a gstudierter Herr, wie Sö oaner san, der kon si an Ausdruck geben. Aber unseroam, bal 'r von söllene Sachen redt, kunnt leicht ebbes Gfahrlis aussirumpeln. Na na! Da halt i liaber's Mäu.«

Durch einen Zufall kam ich aber doch dahinter, daß es im Damian Zagg mit dem Glauben an die Unsterblichkeit der Seele recht windig bestellt war. Da saß er in der Sennhütte, hatte einen festen Sums vom roten Spezial und wollte den Senn zum Mittrinken animieren. Der aber schüttelte den Kopf; er hätte grade genug; und wer sich sieben Räusche in einem Jahr ansöffe, käme in die Hölle; sechse hätte er in diesem Jahrgang schon gehabt, da möchte er doch den siebenten nicht riskieren; sonst könnte es ihm »da drent« gar übel ergehen.

»Da drent?« schrie Damian Zagg und versetzte dem Senn mit Lachen einen Puff vor die Brust. »Geh, laß d'r dein Verstand frisch sohlen! Ausgschnauft, einigraben, und aus und gar iss! Dös glaab i!«

Erschrocken machte der alte Senn einen Versuch, diesen lästerlichen Heiden zu bekehren, und rückte mit allem heraus, was in seinem grau gewordenen Gedächtnis vom kleinen Katechismus noch übrig war.

Damian lachte. »Du! Bal der Briefbot amal a Postkarten bringt ... und da steht drauf. An den dümmsten Kerl von Europa ... nacher bringt er's dir.«

Am folgenden Morgen, auf dem Heimweg von der Pirsche, wollte ich den Damian ans psychologische Schnürchen nehmen und hielt ihm vor, was ich durch das Fenster der Sennhütte gehört hatte. Staunend schüttelte er den Kopf– »Na na! Herr Dokter, da müssen S'Eahna verhört haben! So ebbes kon i net gsagt haben. Dös gibt's ja gar net.«

Als wir heimkamen, wollte ich den Senn als Zeugen anrücken lassen Aber der alte Heiter guckte genau so harmlos verwundert drein wie Damian Zagg. »Ah naaa! Von der Seel und söllene Sachen, da haben mer fei gar nix gredt. Na! Net a Wörtl.«

Auf dieser Behauptung blieben die beiden stehen. Und ich lachte dazu. Aber Damian, der sich sonst nur selten Kirchen–Urlaub geben ließ, rannte in diesem Herbst jeden anderen Sonntag in das zwei Stunden vom Jagdhaus entfernte Dorf, um seiner Christenpflicht zu genügen. Und die sonst bei ihm so beliebten Scherze über den Kaplan und die Widumsköchin stellte er völlig ein. Auch an die Geschichte, die ihm mit dem jungen Pater Franziskaner passiert war, wollte er sich nimmer erinnern. Ich habe sie mir aber doch gemerkt:

»Da bin i durchs Holz amal ummi auf Mittenwald. Und gahlings hör i was truschpeln im Dicket. Und da kommt so a Franziskanerlehrling daher, a bluatjungs Bürschl, und allweil bleibt 'r mit der Kutten an der Brombeerstauden hängen. Wart, denk i mer, den kaaf i mer a bißl! »He, du«, sag i, »wo kommst denn her überzwerch?« »Ich habe mich verirrt im Walde, sagt'r. »Wo tatst denn hinmögen?« frag i. »Nach Mittenwald, in Gottes und aller Heiligen Namen«, sagt 'r. »Woaßt ebba den Weg net ummi?« frag i. »Nein«, sagt 'r. »So? Da muaßt di halt zuachi halten zu mir! I spring aa grad ummi auf Mittenwald!« sag i. Und hab'n allweil so von der Seiten angschaut. Und frag: »Weil gar so an langen Kittel hast, jetzt woaß i net, bist a Mannsbild oder a Weibsbild?« »Nein, nein«, sagt'r, »ich bin schon ein Mannsbild, kennst Du mein heiliges Kleid nicht?« »So«, sag i, »heilig is dein Gwand? Wie's an die Brombeerstauden hängenblieben is, da hab i gsehgn, was drunter is. Und dös hat fei gar net heilig ausgschaut!« Da is er wie a Madl fuiri woarn über's ganze Gsicht. Und i frag: »Was is denn nacher dei Gschäft?« »Ich«, sagt'r, »ich weise den Menschen den Weg zum Himmel! « »Was? Du Lapp?« sag i. »So endsweit auffi willst den Weg für die andern wagen? Und selber woaßt net amal dös Trümmel Weg bis auf Mittenwald?« ... Zeisi, Zeisi! Der hat aber dreingschaut!«

Solche Histörchen wußte Damian Zagg im Dutzend zu erzählen. Vielen merkte man an, daß sie irgendwo aufgeschnappt und subjektiv adoptiert waren. Wenn er das auch mit erzählerischem Geschick zu machen verstand, so wirkte doch alles, was aus seinem eigenen Leben heraussprang, viel schärfer und charakteristischer. Was er mir auf hundert Pirschgängen und an hundert Abenden in der stillen Jagdhütte aus seinem Holzer-, Schmuggler- und Wildschützenleben erzählte, würde ein Buch füllen, ein dickes und doch ein amüsantes.

Besonders gerne ließ ich mir von dem großzügigen Jagdleben in den herzoglichen Revieren erzählen, wo er als Träger und Treiber gedient hatte. Und da ist mir eine Episode unvergeßlich:

»Amal, da is der Herzog angsagt gwesen zur Jagd. In aller Fruah haben s' scho an Haufen Kufer einigfüahrt ins Jagdhaus. Und alls is für d'Jagd scho parat gstanden. Bal ebbes net klappt hat, da hat 'r koan Guten net graucht, der Herzog.

Herrgott! Hat der schimpfen könna! Aber bal's mit der Jagd guat nausgangen is, da is 'r aa wieder freindli gwesen. Wann i eahm die

Gamsböck abizogen hab vom Stand, de hat 'r mer oft a Zigarl gschenkt. No, und da is er selbigsmal so dahergritten auf seim Bräundl. Teifi, Teifi! A so a Rößl! So ebbes hat ma sehgn müassen! A Köpfl wie a Rehgoaß! Und kugelrund! Und d' Haar haben glanzt vor lauter Fetten. Freili, a schwarer Mo is'r gwesen. Der hat scho a Rößl braucht, dös ebbes tragen hat kinna. Und derweil i no allweil dös Rößl anschau, gibt mer der Sepp an Renner. »Du«, sagt'r, »was kommen denn da für zwoa Weibsbilder daher? Dö schaugn mer aber gar net nach der alten Herzogin aus.« Und da schaug i halt hin. Kreuz Teifi! 's Bluat is mer glei aussigfahren. Woaßt, neunzehn Jahr bin i halt selbigsmal gwesen. Und so ebbes schöns von zwoa Frauenzimmer hab i meiner Lebtag no riet gsehgn ghabt.«

Als mir Damian diese Geschichte zum erstenmal erzählte, fragte ich: »Waren das Verwandte vom Herzog?«

»Was woaß denn i?« Er schmunzelte. »Aber dö zwoa Weiberleut, dö hätten S'sehgn sollen! Teifi, Teifi! Die oane, so a Schwarzlechte ... wie a richtige Italänerin hat s' ausgschaut ... dö is auf an Schimmel gritten. Und Augen hat s' ghabt wia die höllische Gluat. Und mollet war dös Weiberleut, daß ma gmoant hat: wo mas anrüahrt mit an Finger, muaß a Krüawerl bleiben. Ferm wie d' Nudel, wann's frisch aus'm Schmalz kommt. Und die ander erst! Dös is a Blonde gwesen, in lauter weiße Spitzentüacheln eingnaht, dö allweil pludert haben, bal si a Lüftl grüahrt hat. Und is auf an Rappen gritten. Teifi, Teifi! Wias Christkindl is dös Madl drobengsessen. Kloaboanlet und fein, daß gmoant hast, mit an halben Schnaufer kunnst es übern Haufen blasen. Und wia der Herzog dös Madl abighoben hat vom Rößl, da hat's d'r an Lacher gmacht wie a silbrigs Glöckerl, und hat zum Hupfen und zum Fliagen und zum Tanzen anghebt, daß ma gmoant hat, sie müaßt a paar Schwalbenflügerl hinter die Achseln haben! Teifi, Teifi, Teifi!«

Dem Damian wurde schwül beim Erzählen, und schnaufend schob er den Hut aus der Stirne.

»Sunst is der Herzog allweil abi vom Bräundl und auffi auf 'n Stand. Aber am selbigen Tag, wie er einigritten is, da hat 'r koa Treiben nimmer ghalten. Am andern Morgen hat alles scho paßt um halber Viere in der Fruah. Aber Achte iss woarn, und Neune, und koa Herzog is zum sehgn gwesen. Und allweil san d' Laden no zuagwesen am Jagdhaus. Und der Wildmoaster hat gfluacht: »Ja sakra, was is denn da, heut kommt er ja gar nimmer auffi!« Endli, um halber Elfe hat si der Herzog anschaugn lassen. Und da haben mer an kurzen Trieb gmacht. Doch hat 'r net auffimögen. Aber dö zwoa Weiberleut, dö haben mit auffi müassen auf'n Stand. Drei Gamsböck hat 'r gschossen. Und wia i auffikumm und will dö Gamsböck abiziahgn, sagt der Herzog: »Dami«, sagt 'r, »da droben hängen noch ein paar schöne Alpenrosen. Die hol mir mal herunter! Wie a Narr bin i auffigrumpelt und hab den Buschen abigrissen. Herrgott! Dö Röserln haben gleucht wia 's Fuier. Und den halben Buschen hab i der Blonden hinboten, und den halben Buschen der Schwarzlechten. Dö hat so gspassi dreingschaut mit ihre ruaßigen Hexenaugen. Aber die Blonde hat glacht. Und sagt: »Ich danke schön! « Und wia s' nacher davon san mit 'm Herzog, is um den ganzen Stand her a Gschmacken blieben, daß d' moana hättst kinna, ma hätt an ganzen Heuwagen voll süaße Bleamln ausglaart. Und akrat so hat die Kaleschen allweil gschmeckt, bal i 's waschen hab müassen, wann der Herzog mit dö Zwia von der Luftfahrt hoamkommen is! ... Teifi, Teifi, Teifi! ... Aber selbigsmal haben mer guate Zeiten ghabt. Dö ganze Nacht haben mer allweil schlafen kinna. Und vor Zehne, halber Elfe is ma nia net ausgruckt zum Treiben. Drei Wochen san s' blieben, dö Zwoa. Und in der Fruah amal, da sans davongfahren mit der Kaleschen. Und allweil haben 's auffigwunken mit die Schnäuztüachln. Ja! Und auf'n Abend is' die alte Herzogin dahergfahren in der Kaleschen. Und so a gspassige Nasen hat s' allweil gmacht, grad, als taat s' in der Kaleschen ebbes schmecken von dö süaßen Bleameln. Und der Herzog hat gsagt: »Grüß dich Gott, meine Liebe! Schön Wetter haben wir! Was?« Und am andern Tag haben mer um halber Viere scho ausrucken müassen zum Treiben. Ja! Und scharf hat er's trieben mit der Jagd. Oan Tag um den andern. Da hat's koan Sunnte geben! ... Teifi, Teifi, Teifi! Selm haben mer schwitzen müassen.«

Sooft mein Damian in besonders guter Laune war, mußte er mir diese Geschichte erzählen. Und da erwachten in seiner Erinnerung immer neue, charakteristische Züge. Nur schade, daß sich das alles nicht gut schreiben läßt!

Eine Perle seiner Erzählungskunst war auch die ausführliche, mit dem drolligsten Humor und den schärfsten Beobachtungen gezierte

Schilderung der vierzehn Tage, die er zur Sühne für jenen Rehbock hatte brummen müssen. Bis er die Gerichtsverhandlung überstanden hatte, war es Herbst geworden. Eine böse Zeit, um zu sitzen! Wenn draußen im Bergwald die Hirsche schreien und in der ungeheizten Gefängnisstube die Nächte so bitter kalt werden! Während Damian diese Stube und das unbehagliche Zusammensein mit den Vagabunden ausmalte, die man da und dort im Lande aufgegriffen hatte, roch man in dieser Schilderung förmlich das soziale Elend. Und den Atem der Ratten! Sooft er das erzählte, befiel ihn ein Ekel, der seinen Körper schüttelte. Und wie er diese Menschen zeichnete, die man da brachte und wieder fortführte! Und den Wärter! Und den Inspektor! Der hatte Stiefel, die immer knarrten, und wenn er unwillig den Kopf schüttelte, fielen ihm vom Bart die Schnupftabaksbröselchen auf den Bauch herunter.

Zu Beginn der zweiten Woche kam der Wärter mit einer höflichen Frage. Keiner der Gefangenen wäre zur Arbeit verpflichtet – vielleicht ließe sich aber doch ein Liebenswürdiger finden, der die Neigung hätte, für den Herrn Inspektor ein Klafter Buchenholz klein zu machen?

Unter dem Dutzend, das die Stube füllte, war Damian Zagg der einzig Gefällige – weil ihm die Arbeit ein Mittel gegen die Langweile war, und weil er einen Vorteil witterte. Der stellte sich auch wirklich ein. Als die Frau Inspektor sah, wie sauber Damian Zagg das Holz zerkleinerte, wie fürsorglich er die appetitlichen Scheitchen hinauftrug in den dritten Stock und sie pendantisch aufschichtete nach der Schnur, da bewilligte die strenge Behörde sein Gesuch um eigene Kost und um eine separate reinliche Zelle. In dieser Zelle standen zwei Bettstellen. Und nun verfügte Damian Zagg über vier wollene Decken, mit denen er sich's in den kalten Nächten auf dem stramm gestopften, steinharten Strohsack ganz warm und behaglich machen konnte. Auch hatte er aus seinem Strohsack, um besser zu liegen, noch Stroh herausgenommen und hatte es drüben in den anderen Sack hineingestopft, der sich nun walzenförmig und eisenhart aus der Bettlade herauswölbte.

Nach dieser kurzgefaßten Einleitung, an der mein Damian immer eine Stunde zu erzählen hatte, mag er nun selber reden:

»Auf'n Abend amal, es is scho völli finster gwesen, und i bin scho bacherlwarm unter meine Decken glegen, da hat mas Tüarl aufgmacht, es pumpert oaner eini, und nacher hat si der Schlüssel wieder draaht. »Teifi, Teifi«, denk i mer, »jetzt muaß i zwoa von meine Decken hergeben! Teifi! Dös kunnt mer taugen! « Und da sagt der ander. »Malefiz no amal! Was is denn dös? Warum is denn da so finster?«»Mei«, sag i, »der Fischkali hat halt's Elektrische no net. Hättst d'r halt a Kerzl mitbringa müassen! Wer bist denn du?« A junger Bauer is er gwesen, aus an guaten Anwesen. Und Nägelspacher hat 'r ghoaßen. Vor vier Wochen erst hat 'r Hochzet ghalten. Und in der Brautnacht hat er a Ruhestörung verüabt. Und da haben s' eahm vierazwanzg Stunden auffipelzt. Dös hat eahm gar net taugt. Und a verzartelts Luader muaß 'r gwesen sein. Was der allweil kreistet und gjammert hat! »Marundjosef«, hat er allweil gsagt, »ja wann i nur wieder bei meim Sepherl waar! Dös halt i net aus! A so a Nacht in der kalten Finstern! Wann i nur wieder bei meim Sepherl waar!«»Gelt«, sag i, »dös taat dir freili besser schmecken? Aber jetzt gib amal a Ruah! Daherin setzt ma in der Ordnung sei' Straf ab. Deswegen braucht ma net ander Leut aus'm gsunden Schlaf bringa!«»Schlafen?« sagt 'r. »No ja, meinetwegen! Wo waar denn die Bettstatt? Is mer ja alles finster vor die Augen.« »Muaßt halt greifen«, sag i, »wenn dei Sepherl da waar, gelt, dö taatst bald finden!«»Ja, Mensch«, sagt 'r, »da hast recht! « Und da fangt 'r 's Umanandertappen wieder an. «

Bei dieser Stelle lachte der Damian immer, weil er sich das Gesicht vorstellte, das der Nägelspacher machen mußte, wenn seine tappenden Hände den steinharten, walzenförmigen Strohsack fanden.

»Geh's, wias mag, hab i mer denkt, ich gib koa Decken net her! Und da tuats's an Rumpler, und der Nägelspacher kreistet: »Jöises, Jöises, jetzt hab i mers Mäusle aussigstössen aus'm Knia!«»Macht nix«, sag i, »da herinn san Mauslöcher gnua, da weard's scho wo einihupfen, dei Mäusle.« A halbe Stund lang hat'r so furtjammert. Und gahlings tuat 'r an Fluach ... dös is a gsunder gwesen! Woaßt, da hat 'r den Strohsack gfunden. Und derweil i mer unter der Decken 's Lachen verbissen hab, schreit er allweil, der ander: »Sakra, Himisakra! Da muaß ja der Mensch derfrieren! Is denn koa Decken net da?« »Na«, sag i, »da drent is koane. Müßt d'r halt i oane geben.

Aber ans Beißen muaßt gwöhnt sein. Wanzen und Flöh san drin in die Decken, daß mas grad allweil so wuhrln spüart!' »Pfui Teifi«, sagt 'r, »i dank schön, na, da mag i nix wissen, bhalt deine Decken selber! Da hock i mi liaber die ganze Nacht auf'n Sessel. Is denn koa Sessel net da?« »Na«, sag i, »wearst di scho auffitrauen müassen auf'n Sack.« An Ewigkeit hat 'r so gsprissen. Aber gahlings hat 'r si do auffitraut. Und kaam liegt 'r droben, hat's 'n scho wieder abigrissen über d' Leiten. An Pumperer hat's gmacht aufm Boden, daß i gmoant hab, d' Mauer is eingfallen. Und der Nägelspacher rebellt und fluacht: »Ja Himisakra, was is denn dös für a Sack! Der is ja buckliger wia d' Welt! Da ka ma ja gar net liegen drauf! « »Ah freili«, sag i, »da ko ma scho liegen drauf, den Vorthl muaß ma halt aussifinden, woaßt! Da legst die auffi nüt'm Bauch, und d'Füaß muaßt ausanand spreizen, so weit wia s'roachen, und nacher muaßt di mit die Arm fest einikrailn untern Sack. Da liegt ma nacher nobel. Ja! « Dös hat 'r probiert. Aber garnet hat's eahm taugen mögen. Herrgott! Wia der umanand gwetzt hat auf 'm Strohsack! Und gahlings hat 'r 's Reahrn anghoben: »Marandjosef! Heilige Muatter! Ko denn dös mögli sein, daß a Strohsack gar so hürt is!« »Gelt«, sag i, »dei Sepherl taat si a bißl linder gspüaren?« Und nacher hab i d' Ohrwascheln einizogen unter meine Decken und hab mi auf d' Seiten draaht. In der Fruah, wias tagelet hat, bin i aufgwacht. Da hockt der Nägelspacher auf'm Boden, und vor Frieren hat 'r grad so gscheppert mit die Zähn. Jetzt hat'r mir erbarmt, is scho wahr! Und wia i zum Holzkliaben gangen bin, hab i eahm meine Decken geben, alle viere! Und hab eahm gsagt, jetzt brauchet 'r koa Sorg nimmer haben wann 's Tag weard, taat si 's Unziefer allweil verschliefen. Teifi, Teifi, der is einigfahren ins Bett! Und auf Mittag, da hat 'r si recht derkenntli zoagt. Sechs Maaß Bier und vier Niarnbraten hat 'r holen lassen. Is a richtiger Mensch gwesen, der Nägelspacher. Ja! «

Ihr hättet das Schmunzeln sehen sollen, mit dem der Damian Zagg seine Geschichte zu schließen pflegte!

Diese rhapsodischen Künste machten den Damian für mich zu einer Kostbarkeit, deren Besitz ich von Jahr zu Jahr immer teurer bezahlen mußte. Ich hatte ihn zum Oberjäger ernannt und jährlich sein Gehalt erhöht. Als Jäger verdiente er das auch. Aber er war von den Menschen einer, die es nicht ertragen können, wenn sie es allzu gut haben – einer von denen, die keinen anderen neben sich dulden können und nie genug Raum um die Ellenbogen haben. Mit keinem Mitglied des Personals vertrug er sich lange. Das artete nie in offene Feindschaft aus, doch es blieb ein immer–währender versteckter Krieg. Damian war ein Meister in jenem Gestichel, bei dem man nichts zu beweisen braucht, ein Virtuose jener spöttischen Redensarten, die um so übler wirken, je harmloser sie sich zu geben wissen. Anfangs nahm ich das immer ernst, untersuchte, konfrontierte und hatte nutzlos eine Kette von Verdrießlichkeiten und Ärger. Oft sprach ich ihm scharf ins Gewissen. Aber das half nichts. Er konnte nicht anders, auch auf die Gefahr hin, es mit mir zu verderben. Weil ich ihn nicht verlieren wollte, ertrug ich seine Art. Und wenn er seine stachligen Kletten warf, ging mir sein Wort zum einen Ohr hinein und zum andern wieder hinaus.

Halb und halb verstand ich auch, warum er so sein mußte. Er war kein Herdentier, sondern ein Einsamer, sei es nun aus Anlage oder durch die Schulung seines Lebens, das immer die abgelegenen Wege hatte suchen müssen. In dem zwei Stunden vom Jagdhaus entfernten Dorfe hatte er eine Stube gemietet, aber nur für die hundert Geweihe aus seiner Wildschützenzeit; ihm selber war es am wohlsten, wenn er mit den Menschen nichts zu tun hatte und durch den ganzen, sieben Monate langen Winter einsam in der verschneiten Jagdhütte saß. Er war ein Stück harter, roher Natur, an die Natur unlöslich angewachsen, mit dem rücksichtslosen Egoismus, wie er im Raubtier steckt. Dieser Egoismus milderte sich bei ihm fast nie ins Menschliche, nur immer ins Kluge, das den besseren Vorteil hinter der Schranke sieht. Das Bewußtsein dieser Klugheit machte ihn hochmütig und spöttisch. Alle anderen Menschen standen minderwertig unter seinem ruhigen Blick. Schon gar die Jäger! Und da war er zumeist nicht mit Unrecht stolz; er überragte sie alle an Verstand und weidmännischen Fähigkeiten. Das mußte er sie fühlen lassen. Und noch ein anderes kam dazu: der Wildschütz, für den der Jäger ein Gegenstand des Hasses oder der Geringschätzung ist, bleichte im Damian Zagg nie völlig aus. Dieser Oberjäger erzählte aus seinem früheren Wildschützenleben am liebsten die Geschichten, in denen der Jäger die Rolle des Dummen spielte.

Aber diese andere Seele von einst, die noch in Damian steckte, färbte nicht ab auf seinen Dienst. Niemals beging er eine Unredlichkeit. Wenigstens bin ich ihm nie hinter eine gekommen. Aber was sich neben dem Dienst an Vorteil gewinnen ließ, das scharrte er alles für sich zusammen. Auch hätte er das gerne angefangen: manchmal einen guten Hirsch oder Gemsbock vor mir zu verschweigen, um ihn für einen Jagdgast zu reservieren, von dem sich ein schweres Trinkgeld erwarten ließ. Aber das gewöhnte ich ihm ab; denn ich war in meinem Revier nicht minder gut zu Hause als er selbst. Und wenn ich auch nicht immer der Klügere war, so spielte ich ihn doch. Stieg da ein Verdacht in mir auf, und Damian meldete, er hätte was gut Schußbares nicht gesehen, dann schmunzelte ich ein bißchen und sagte: »So?«

Seine Augen studierten mich. Und gewöhnlich fragte er: »Wissen ebba Sie ebbes?«

Ich schmunzelte wieder und schüttelte den Kopf. »Ich? Nein! Geh nur, Dami! «

Und gewöhnlich kam es dann so, daß er am anderen Morgen mit dem Rapport erschien: »Teifi, Teifi, Herr Dokter, heut hab i aber an Bock gsehgn! So haben S'koan zwoaten im Revier.«

Was man aber »die letzten Dinge« nennt, das erfuhr ich doch nie von ihm. Da war er wie die Natur, zu der er gehörte als ein Teil. Etwas Heimliches, etwas Verschwiegenes, irgend etwas ganz Verschlossenes mußte er immer haben. Niemals, weder als Jäger noch als Mensch, ging er völlig aus sich heraus. Wie offen er sich in guter Stunde auch geben konnte, immer blieb ihm eine letzte Mauer, über die er keinen hinübergucken ließ.

Jede Sentimentalität und Gefühlsschwäche war ihm fremd. Für ihn gab es nur die harten Dinge. Und die sah er eben so, wie sie sind. Leben oder Tod, das war für ihn kein Unterschied.

Im Frühjahr einmal, da wurde er über Nacht von einem schweren Hexenschuß befallen. Er hielt das für eine Lähmung, für einen Schlaganfall. Und sagte in seinem Schmerze ruhig: »jetzt hat 's mi! Teifi, Teifi! Hab mer scho allweil denkt, daß mi der Höllische holt amal. Aber daß 's grad heut sein muß! « Ich hatte ihm nämlich für diesen Morgen den Abschuß eines Spielhahnes erlaubt. Drum hätte ihm das Sterben an diesem Tage nicht gepaßt.

Ein andermal, im Sommer, kam er mittags in meine Stube. Als ich ihm ins Gesicht guckte, merkte ich gleich: heut hat der Dami nichts gesehen. Und da meldete er: »Unterm Wetterschrofen hab i an Touristen gfunden. Der muaß scho den ganzen Winter im Schnee drin glegen sein. Halbert haben ihn d' Füchs scho vertragen. A guate Hosen hat er an. Muaß aber doch nix Nobles gwesen sein. Der Pickel is schlechte Waar. Und vieradreißg Pfennig hat 'r im Sack ghabt.«

So gleichgültig, wie dieser Tote, waren ihm auch die Lebenden. Nie hab ich an ihm eine Regung wahrgenommen, die man als Neigung zu einem Menschen hätte deuten können. Mir hatte er manches zu danken. Aber deshalb stand ich ihm nicht näher als andere. Er wahrte nur mir gegenüber die Form. Und das nahm in der Stunde ein Ende, in der wir auseinandergingen. Und doch war zwischen seinen derben Herzmuskeln ein wärmerer Fleck. Der verriet sich im Verkehr mit den Kindern. Für die hatte er immer einen guten Blick, einen vertraulichen Klang, ein herzliches Wort. Aber Liebe war auch das nicht. Es war nur der unbewußte Ausdruck seiner ungestillten Sehnsucht nach eigenen Kindern, war an ihm ein Stück Natur, in der seit Ewigkeiten der Wille glüht, nicht zu vergehen, ohne neues Leben geschaffen zu haben. Daß ich mit dieser Deutung nicht fehl greife, das beweist mir der merkwürdige Vorgang seiner Brautfahrt – ein Vorgang, den man heiter nehmen muß, obwohl die Tragödie einer guten, einsamen Menschenseele dazwischenklingt, die ihrem dürstenden Verlangen nach Glück und Lebensschönheit zum Opfer fiel.

Trotz mancher Eigenschaft, die sich schwer ertragen ließ, war Damian Zagg ein Mensch, den man gernhaben konnte. Alles an ihm – auch das, worüber man sich ärgerte – war kraftvoll und echt. In nichts war er kleinlich. Und neben seiner Erzählergabe und seinen Fähigkeiten als Jäger hatte er noch manche Lichtseite. Er konnte was Schönes verstehen, auch wenn es außerhalb seiner praktischen Interessen lag, er hatte Ehrgefühl und Vornehmheit, bis zu einer gewissen Grenze auch gute Manieren, und gegen Damen konnte er sich mit ritterlicher Liebenswürdigkeit benehmen, was ihn aber durchaus nicht hinderte, in ihrer Gegenwart zu rülpsen. Deswegen las ich ihm einmal die Leviten: das wäre unschicklich, so was müßte man in Gegenwart anderer Menschen unterdrücken. Er sah mich verwundert an: »Warum denn? So ebbes is gsund. Dö Damen weard aa oft der Luft plagen, wo s' froh waaren, wann s' 'n draußt hätten.« Es fiel ihm auch gar nicht ein, diese »gesunde Gewohnheit« abzulegen.

Durch alle sieben Jahre, die er in meinen Diensten stand, blieb er sich in seinem Wesen völlig gleich. Nur in seiner Unverträglichkeit wurde er reizbarer von Jahr zu Jahr. Wegen der harmlosesten Kleinigkeit konnte er einen Spektakel machen, daß es böllerte. Die anderen Jäger gingen ihm, soweit der Dienst das zuließ, mit Vorsicht aus dem Wege. Und das weibliche Dienstpersonal im Jagdhaus hatte eine zitternde Angst vor ihm. Das war nicht nur die Angst vor seinem Zorn, es war noch mehr die Angst vor seiner Gnade.

Denn der Damian Zagg war unermüdlich auf der Suche nach dem ewig Weiblichen. Dabei ging er einen doppelten Weg. Auf dem einen holte er sich, was er, um es mit seinem eigenen Wort zu sagen, »für die Gsundheit brauchte«. Von Neigung war da nie die Rede; und er war auch gar nicht wählerisch; wo sich was erhaschen ließ, da griff er ohne viel Umstände zu; und dann war die Sache wieder für einige Wochen erledigt. Tauchte auf zwei Stunden in der Umgebung eine neue Sennerin auf, und sagte der Danüan von ihr. »Is gar koa unguats Frauenzimmer, dö!« – das war immer ein Beweis, daß Danüan Zagg an seine Gesundheit dachte. Begann er dann plötzlich seine spöttischen Kletten nach dem Mädel zu werfen, und sagte er von ihr: »Ah mei! A so a Weibsbild! Was kannst denn machen mit so oaner?« – dann wußte man immer, wieviel es geschlagen hatte. Und prompt erschien dann in der Wochenrechnung des Oberjägers ein Posten:

»Der Sendrin, fir Ausputzen der Diensthütte – 1 March 50.«

Gegen diesen Posten war nie was einzuwenden, da sich der Bretterboden der Diensthütte tatsächlich immer als sauber gescheuert erwies.

Nie hörte man vom Darnian über eine der Sennerinnen, die in unseren fünf Diensthütten von Zeit zu Zeit dieses notwendige Reinigungswerk zu erledigen pflegten, ein wärmeres oder gar ein zärtliches Wort. Die einzige Zärtlichkeit, deren er fähig war, reservierte er für seinen Hund. Das war ein ungemütliches, für die Jagd völlig unbrauchbares Tier. Aber für den Damian war dieser Hund ein Heiligtum, das ihm über alles ging. Dieser Bravo war so unverträglich wie sein Herr, duldete keinen anderen Hund in der Nähe und zauste mir meinen Bergmann jede Woche ein paarmal blutig bis auf die Knochen. Aber weil ich wußte, wie Damian an dem Hunde hing, wollte ich nicht verlangen, daß er ihn fortgäbe. Doch es kam zu einer Katastrophe. Eines Morgens, als ich mit Damian auf der Pirsche war, hatte ich einen Gemsbock angeschossen und löste auf der Schweißfährte meinen Bergmann. Der Hund fand den Bock und gab in einer Dickung Standlaut. Ich springe hinunter und gebe dem Bock den Fangschuß. Und während nun Bergmann mit den Vorderpranken auf dem verendeten Wilde steht und todtverbellt, kommt Damians Bravo wie eine rote Kugel dahergesaust und faßt auch gleich meinen Bergmann an der Gurgel. Erschrocken komm ich meinem Hund zu Hilfe, bekomme den Bravo am Halsband gepackt, reiße ihn zurück und spediere ihn mit einem kräftigen Schwung in die Stauden. Da springt der Damian durch die Latschen her und brüllt: »ja Himmelherrgottsakrament! Was machen denn Sie mit meim Hund da?« Sein Gesicht war kreidebleich, und in seinen Augen dunkelte eine Wut, daß ich in der ersten Sekunde dachte: jetzt schlägt er im Jähzorn auf mich los!

Ich schau ihn an und sage: »Damian! Du scheinst zu vergessen, daß du vor deinem Jagdherrn stehst! «

Da war sein ganzer Zorn im Nu erloschen. Mit zitternden Händen legte er seinen Hund an die Leine. Dann schlug er ihn mit der Faust auf die Schnauze. »So, jetzt beiß no amal!« Auf dem ganzen Heimweg sprach er kein Wort. Aber noch am gleichen Abend, ohne daß ich es verlangt hatte, schickte er den Bravo mit einem Hüterbuben die fünf Stunden zu seiner Mutter hinaus. Ich habe den Hund nicht mehr gesehen. Und Damian war ein paar Wochen lang gegen mich von einer Liebenswürdigkeit, wie ich sie sonst in sieben Jahren nicht oft von ihm erlebt habe.

Im Herbst, einen Tag nach meiner Abreise, holte er den Hund; und im Frühjahr, einen Tag vor meiner Ankunft, schickte er ihn wieder fort. So machte er's drei Jahre hintereinander. Im letzten Frühling erzählte er mir gelegentlich, daß Bravo im Winter einen Strychninbrocken aufgenommen hätte, den Damian selber für die Füchse ausgelegt hatte. Mit seiner charakteristischen Ausführlichkeit, doch ohne die üblichen spöttischen Schlaglichter, schilderte er

mir die Kur, die er mit schwarzem Kaffee versuchte, und die To-
deskämpfe des Tieres. »Wie i gmerkt hab, daß nix mehr hilft, hab i
den Hund aus der Stuben auffitragen aufn Schnee und hab eahm a
Kugel geben, daß 'r nimmer leiden muaß. Nobel hab i 's eahm auf-
figschossen! Z'mittelst aufs Hirnplattl! Koan Muckser nimmer hat'r
gmacht.«

Ich tat ihm den Gefallen und sagte gegen meine Überzeugung:
»Das war ein guter Hund!« Fügte aber bei: »Nur schade, daß er so
unverträglich war.«

Damian nickte. »Freili, ja! Unter ander Leut hat 'r net einipaßt.
Aber auf mi hat 'r si verstanden. Ja! Und zum eingraben hat 'r mi
greut. Vier Fallen hab i dermit anködert. Und hab zwoa Mader
gfangt. Is scho wahr, der hat mer no ebbes gnutzt, derweil 'r scho
hin war.«

Zehn Mark »Faachlohn« für Raubzeug! Das war der praktische
Dank der »Liebe«, die Damian Zagg für diesen Hund in seinem
unberührbaren Herzen getragen hatte. Und dennoch war in dieser
»Liebe« mehr an Zärtlichkeit, als manches Mädel von ihm erfahren
haben mag.

Völlig getrennt von dem einen Wege, auf dem der Danüan das
Weib im Dienste seiner »Gsundheit« suchte und auch immer fand,
ging der andere Weg einher, auf dem er seine ruhelosen Heirats-
pläne spann. Und da war er, ganz gegen seine sonstige Gewohnheit,
so wählerisch und zuwartend, daß sich jeder neue Plan immer wieder zerschlug.

In seinem dritten Dienstjahr sprach er das zum erstenmal gegen
mich aus: daß er heiraten möchte. Aber auch bei diesen Plänen war
nie von Neigung die Rede, nie von einer Frau, die er liebhaben
könnte. Sie mußte nur die Bedingung erfüllen, die er sich für das
Bild einer vollkommenen Ehe ausgedacht hatte. Vermögen brauchte
sie nicht zu haben – er selber hatte genug, um einen sorgenlosen
Hausstand gründen zu können. Auch katholisch oder lutherisch,
das wäre ihm alles eins gewesen. Aber ein »Baurentrampel«, das
war von vornherein ausgeschlossen. Er wollte »ebbes bessers«,
eine Frau, die »ebbes fürstellt«, und mit der man sich sehen lassen
kann. Groß und stattlich mußte sie sein, und gesund, und mußte
»Holz beim Zeug« haben. Auf alle bessere Arbeit im Hause mußte

sie sich verstehen. »Für's Putzen und für's Gröbere, da halt i ihr scho so a Weibsbild.« Und vor allem mußte sie gut kochen können. Den ewigen Schmarren und schwarzen Kaffee, das »Gschlader«, das sich die Jäger bei ihrer knappen Zeit in der Diensthütte zusammenbrauen – das hatte der Damian satt bis an den Hals. Drum wollte er heiraten und wollte die Sache so haben: Wenn er heimkam von der kalten Pirsche, sollte der Herd dampfen und der Tisch gedeckt sein, ein gewärmtes Hemd sollte am Ofen hängen und die brave Frau sollte ihm helfen beim Umziehen. »Und bal i sag: dös brauch i, jetzt spring, marsch weiter und füranand! ... nacher muaß aa scho alles gschehgn sein.« Das waren die Bedingungen, denen die Zukünftige des Danüan Zagg entsprechen mußte. Und zu diesen Bedingungen kam dann noch eine, unter allen die wichtigste: die Frau des Damian mußte Kinder bekommen!

Vier Jahre wählte und wählte er. Doch er fand nicht die Richtige. Mit jeder, auf die er sein Auge geworfen, hatte es einen Haken. Erst handelte er mit einer Wirtstochter aus seiner Heimat, dann mit einer Restaurationsköchin aus dem nahen Städtchen, die er im Stellwagen hatte kennen lernen, dann kam die Schwester eines Jägers an die Reihe, der in unseren Diensten stand – und so lange sich Danüan das mit dieser Schwester überlegte, hatte der Bruder gute Zeiten im Dienst. Und schließlich entschied sich Damian Zagg für unsere Jagdhausköchin. Das war ein großes, resolutes Frauenzimmer, ein paar Jahre älter als Damian, ausgestattet mit allen möglichen guten Eigenschaften, verläßlich und arbeitsam, ehrlich und treu, dazu eine Meisterin der Kochkunst. Drei Sommer waren die beiden aneinander vorbeigegangen, ohne daß sich eins ums andere kümmerte. Doch als sich Damian zu denken begann: das könnte die Richtige sein! – und als er wollte, da war die gute brave Person von heut auf morgen bis über die Ohren in den Zagg verschossen. Mir tat sie leid. Sie verdiente was besseres als ein Leben nach dem Motto: »Spring! Marsch Füranand!« Und ich wußte: sie würde mit dem Damian steinunglücklich werden. Drum redete ich mit ihr und suchte ihr die Augen zu öffnen. Aber da half nichts mehr. Sie war von dem Weg, für den sich ihr ehrliches Herz entschieden hatte, nicht mehr abzubringen. Den Sommer über gaben sich die beiden als erklärtes Brautpaar, und im Winter wollten sie heiraten. Doch ehe der Herbst kam, war die Sache zu Ende – ich weiß nicht, warum. Das gute Frauenzimmer kränkte sich einen Monat lang, vielleicht noch länger – und Damian ging so ruhig und fremd an ihr vorbei wie früher. Und tat, als wäre gar nichts gewesen.

Nach zwei anderweitigen Versuchen, die der Damian auch wieder aufgab, kam das romantische Heiratsprojekt, das mit dieser merkwürdigen Brautfahrt endete, für deren Verständnis es mir nötig erschien, zuerst die Gestalt des Helden in allen Farben und Zügen klarzustellen.

Dazwischen, neben den Heiratsplänen des Danüan, lag noch ein Intermezzo, das der Erwähnung wert ist.

Da fragte ich eines Tages nach einem Gewehrriemen, den ich beim Sattler draußen im Dorfe bestellt hatte.

»Ja«, sagte Danüan, »heut hat 'n die Meinige bracht.«

»Die Deinige? Wer ist das?«

»'s Madl von meiner Hauswirtin draußt.«

»Das ist die Deinige? Willst du die heiraten?«

»Ah nah! So oane übern Winter halt.«

Er war in der Pflege seiner Gesundheit etwas bequem geworden und hatte über den vergangenen Winter seine »Geweihstube« in das Haus der verwitweten Leitnerbäuerin verlegt, die eine Tochter hatte. Und wenn es dann draußen im Dorfe was Dienstliches für ihn zu erledigen gab, übernachtete er in dieser Stube. Bei 20 Grad unter Null und bei dem meterhohen Schnee konnte Damian den Weg zwischen Dorf und Jagdhaus, der im Winter sechs Stunden Mühsal verlangte, an einem Tag nicht zweimal machen.

Und von dieser »Seinigen« erfuhr ich dann so zufällig eine kleine Geschichte – als mir Damian die Raubtierbälge zeigte, die er in diesem Winter erbeutet hatte. Unter ihnen war ein selten schöner Fuchsbalg. »Bei dem, da hat mer die Meinige gholfen!« sagte er. »Amal, da bin i auffi kumma, und da jammert d' Leitnerin, daß ihr der Fuchs drei Henna davon hätt. »Sei stad«, sag i, »den wear i bald haben!« Bei so an Schnee den Wechsel ausspüarn, dös is ja koa Kunst. Und auf' n Abend hab i 's Eisen glegt, a dreihundert Schritt hinterm Haus droben. »Wart, Manndele«, hab i mer denkt, »da tappst mer scho eini!« Und richti! Gahlings in der Nacht, da weckt mi die Meinige. »Du«, sagt s', »lus auf, der Fuchs muaß hängen, an Spitakel macht 's, daß ma 's bis eini hört in d' Stuben! « I hock mi auf im Bett und lus. Aber da is koa Rüahrerl nimmer gwesen in der Nacht. »Geh«, sag i, »du wearst wohl traumt haben!« »Na«, sagt s', »ganz deitli hab i 's ghört, wie 's Eisen scheppert!« »No also«, sag i, »spring halt aussi und schau, und bal 's hängt, nacher holst mi. Marsch! Füranand! « A Kälten hat's ghabt, daß d' Eisbloama an die Fenster aufgfahren san wie Kaasrinden. Und Schnee hat 's ghabt, daß 'r oam auffi gangen is bis über d'Juppen. Teifi, Teifi! Da san dreihundert Schritt a Weg! Und an Endstrumm Weil hat 's dauert, bis die Meinige wieder einigrumpelt is in d' Stuben: »Hängt scho! Hängt scho!« Da bin i aber gschwind droben gwesen. Und bloß an Stroach no hab i eahm geben brauchen.«

Weiter hab ich über die Fuchsbötin nichts mehr erfahren. Und weiß nicht, wie lange sie noch die Seinige blieb.

Und das Jahr darauf, im Sommer – es war von seinen sieben Dienstjahren das letzte – zog er mit fünftägigem Urlaub auf diese merkwürdige Brautfahrt nach Wien.

Da kam ich eines Tages zu ihm in die Jägerstube, um einen Pirschgang zu bereden. Als alles abgesprochen war, wollte ich aus der Stube gehen. Da sagte Damian: »Herr Doktor! Bal S' grad no an Schnaufer lang Zeit hätten, möcht i Eahna ebbes zoagen.«

»Was denn?«

Er sperrte seinen Koffer auf, kramte von unten eine kleine Schachtel heraus und reichte mir die Photographie eines Mädchens. »Dö kunnt i jetzt heireten.« Das sagte er mit dem gleichen, ruhigen Ton, mit dem er vom Wetter zu sagen pflegte: »Da kon's jetzt guat wearn oder schlecht.«

Das Bild, das die Firma eines Wiener Photographen trug und nicht mehr neu war, zeigte ein Mädchen von etwa 24 Jahren, anständig gekleidet, die Figur ganz schmuck gerundet, das Gesicht nicht hübsch und nicht häßlich, ein Dutzendgesicht, das aber doch was Fesselndes hatte: diese gutmütigen ehrlichen Augen. Die mußten blau sein, weil sie auf der Photographie einen so blassen Ton hatten. Aber das Haar war dunkel.

Ich sagte: »Die sieht nicht übel aus.«

Damian hob nachdenklich die Schultern. »Bal 's Bildl net lüagt.«

»Wieso? Kennst du denn das Mädel nicht?«

»Na!«

»Aber Dami! Du wirst doch nicht eine Person heiraten wollen, die dir völlig fremd ist? Wie kommst du denn auf einen solchen Einfall?«

Nun erfuhr ich, wie die Sache zusammenhing. Er hatte einen Freund. Der war noch ledig, war Förster in einem angrenzenden Jagdbezirk und schrieb in seinen Mußestunden schön aufgeputzte Artikel für Jagdzeitungen. Durch seine feuchte Vorliebe für guten Tiroler waren seine Verhältnisse etwas aufs Trockene geraten, und da wollte er sich durch eine gute Heirat rangieren und veröffentlichte eine Annonce:

»Deutscher Weidmann, gereifter Mann in sicherer Lebensstellung, gesund, von strebendem Geiste beseelt, sucht wegen Mangel an Damenbekanntschaft auf diesem Wege eine gutherzige und liebenswürdige *Lebensgefährtin*, die eine Freundin der Natur sein müßte und ein stilles trauliches Glück inmitten des rauschenden Bergwaldes allem leeren und hohlen Glanz des Stadtlebens vorziehen würde. Ernstgemeinte Anträge, mit beiliegender Photographie, unter »Treues Herz und grünes Heim« an die Exp. d. Bl. Anonymes wird nicht berücksichtigt. Vermittler verbeten. Das Herz rede zum Herzen. Strengste Diskretion ist Ehrensache!!!«

Einen der Briefe, die auf diese Annonce einliefen, hatte der heiratslustige Förster dem Damian Zagg geschickt und mit Bleistift druntergeschrieben: »Lieber Dami! Das wär vielleicht was für Dich. Doch bitte um strengste Wahrung der Diskretion. Bei mir verschlagen die Rehböck schon. Bei Dir droben wird wohl noch der Eisriese Winter seine letzten Springkinkerln machen. Du, heuer hab ich wieder einen Magdalener, süffig bis zur Wonne. Also, überleg Dir's! Mit Weidmannsheil und treudeutschem Handschlag, Dein lieber usw.«

Den Brief, unter den diese Freundesworte gekritzelt waren, gab mir der Damian zu lesen. Schade, daß ich mir diesen Brief nicht abgeschrieben habe! Aber damals, als die Geschichte anfing, nahm ich sie nicht so wichtig, wie sie mir später erschien. Form und Wortlaut des Briefes sind, bis auf ein paar auffällige Wendungen, in meinem Gedächtnis erloschen. Doch Inhalt und Eindruck dieser vier engbeschriebenen Seiten sind mir in Erinnerung geblieben.

Die Schreiberin dieses Briefes war ein Wiener Stubenmädel mit dem Vornamen Johanna. Der Zuname hatte ungarischen Klang. Und das Mädel schrieb: Sie hätte in der Neuen freien Presse die »Anonze« von der »Lebensgefährtin« gelesen, und obwohl es ihr gleich ganz heiß ums Herz geworden wäre, hätte sie doch eine Woche gebraucht, um den Mut zu finden, auf die »Anonze« zu antworten. Nun würde sie wohl schon zu spät kommen? Denn wie viele muß es in der Welt geben, die da gleich zugreifen! Gibt es denn etwas Schöneres als die Freiheit und das Glück und der schöne Wald und ein braver Mann und ein trauliches Heim? »Daderfür« könnte man doch arbeiten, bis einem das Blut aus den Fingern spritzt. Ach, das Land, das schöne Land! Ach, der Wald, der schöne Wald! Und die großen himmelsgroßen Berge! So groß sind die, daß einem angst wird. Und da kann sich eins nicht mehr helfen, daß man beten muß wie in der Kirche. Und die Berge sind doch noch hundertmal größer wie der Stefansturm, der in Wien der größte ist. Vor drei Jahren ist sie mit ihrer guten gnädigen Frau Hofrätin vier Wochen in Karersee gewesen. Da hat sie sich in Wien gar nicht mehr eingewöhnen können. Und Wien ist doch gewiß eine so schöne Stadt! Aber das Land und die »Bergesnatur«, die sind halt noch viel schöner. Wer da leben könnte in Glück und Freuden! Denn das Leben in der Stadt, auch wenn man eine gute gnädige Herrschaft hat, ist oft so grauslich. Und bei den Mannsbildern in der Stadt, da merkt man immer gleich, was sie wollen. Und dann denkt man sich: Pfui Teufel! Und wenn man dann am Abend müd ist und doch nicht schlafen kann, und man liegt so in seinem dunklen »Kämmerlein« – dann denkt man oft an einen Mann, den man gar nicht kennt, und der irgendwo daheim ist, man weiß nicht wo, und dann träumt man oft Sachen, daß man am andern Tag eine so verdrehte Gredl ist, daß die gute gnädige Frau oft sagen muß: »Aber Hannerl, wo hast du denn heut dein Köpfl wieder! « Und jetzt hat sie diese »Anonze« gelesen. Und seit acht Tagen rauscht ihr immer der »Bergeswald« in den Ohren! Und alles Schöne und Liebe, was sie so oft geträumt hat, könnte wahr werden. »Wenn es möcht!« Aber es wird halt nicht mögen. Denn wenn sie jetzt ehrlich und aufrichtig schreiben muß, was für ein armseliges Mädel sie ist, dann weiß sie doch gleich, daß es nichts wird. Ihr Vater ist gewesen, sie weiß nicht, wer. Ihre Mutter ist als Taglöhnerin gestorben. Und aus dem Waisenhaus heraus ist die Johanna gleich in einen Dienst getreten. Haben tut sie schon gar nichts. Nur ein Sparkassabüchl mit 800 Gulden. Und eine recht saubere Wäsch hat sie. Was ihr halt die gute gnädige Frau an Weihnachten immer geschenkt hat. Und von den Trinkgeldern hat sie sich Bettwäsch und Tischzeug dazu gekauft. Weil man doch immer denkt, man könnte es einmal brauchen. Das hat sie in der Nacht und an Feiertagen alles gesäumt und eingestickt. Nur auf den Vornamen. Und blau. Weil man dann den anderen Buchstaben mit rotem Garn drübersticken kann – »wenn es so kommen möcht.« Aber was ist das alles für einen gereiften und sicheren Mann, der eine Stellung bekleidet und ein trautes Heim hat, inmitten des rauschenden, grünen »Bergwaldes«, und der einen Anspruch erheben kann. Sie weiß doch eh schon, daß es nichts ist! Aber das Glück ist halt eine so eine schöne Sache! Und da probiert man's halt. Sie denkt sich »ohnedem«, daß sie gar keine Antwort bekommen wird. Aber wenn's halt doch sein könnte! Der sehr geehrte Herr würde gewiß mit ihr zufrieden sein als Frau. Aber da will sie lieber nichts versprechen, sondern alles durch die Tat beweisen, von heute an bis zu seiner seligen Sterbstunde. Sie hätte nur eine einzige Bitte. Wenn es auch nichts wäre, möchte ihr der sehr geehrte Herr doch wenigstens mit einer Zeile schreiben, daß es nichts ist. Damit sie nicht immer auf den Postboten wartet. Und daß es nicht so weh tut, möchte der sehr geehrte Herr ein Blümerl, das auf den Bergen gewachsen ist, in den Brief hinein legen. Das will sich die Johanna dann aufheben.

Der Brief wirkte auf mich. Ganz verstanden hab ich ihn erst später. Aber ich fühlte doch gleich, daß trotz aller romantischen Überspanntheit des gezwungenen Stiles ein gutes, ehrliches und einfaches Menschenkind aus diesen Zeilen redete. Drum sagte ich: »Damian! Wenn du die bekommst, kannst du von Glück sagen.«

»Ja!« Er schob die Fäuste in die Hosentaschen und spreizte das Leder auseinander. »D' Mutter, wia s' den Brief da glesen hat, dö hat's oa glei gsagt: dös müaßt a bravs Madl sein. Und mir hat 's aa gfallen, daß 's Madl schreibt, sie taat arbeten, bis ihr 's Bluat aus die

Nägel spritzt. No, und da hab i mi aa glei hingsetzt und hab ihr gscluieben.«

Er hatte noch das Konzept dieses Briefes. Der Inhalt und dieses Hochdeutsch – das war zum Schreien!

Jachthaus Weidmannsheil,
den 20. Julius 1904

Liebe Johanna!

Ich habe deinen Briff mit lauffender Post erhalten. Aber so fil kan ich nicht schreiben als du, bin auch nicht so schulmeßig als du. Ich bin ein Jägersmann wo auf die Berge steigt und meinen Herrn seine Gamsen und Hirsen hütet. Und Zeit hab ich auch nicht so vill als du. Weil ich mein Dinst machen mus, was sehr streng ist. Da gibt's immer etwas.

Also das wir gleich das Richtige machen. Dein Brif hat nür sehr gefalen. Da du so fleißig sein willst. Und meine Mutter hat's auch gesagt, Mein Sohn, die nimmst du, Und so machen würs. Ich nimm dich wenn du mich nimmst. Ich bitte mein Jachdherr um Urlab und reisse af Win, wenns auch deier is.

Das es kurz wird, sag ich dir gleich ales. Ich besitze:

Nro. 1 mein Gehalt, das ist hundert zen March im Monat, was in Jahr zwölfmal so vill macht, und mit Schußlöhn Fachlohn und Dusör von Jagdgest, was alls in Jahr auf zirker 1600 March auff und nider ankommt.

Nro. 2 Mein Wonrecht im Jachdhaus mit Stub und Kuchen, und ein Garten is dabei, wo du alles bauen kanst was du an Gemüser nur haben willst was dein Herz begert.

Nro. 3 ein schönes großes Anwesen, Hausnummer 132, in mein Heimatsort, ist Zweistöcket, hat Wonhaus, Stall, Holzleg, Obsgarten, Feld, Wiesen, Kataster Nummer 1009, mit Wald, Kataster Nummer 2013, dazu in Gemeindewald Holzrecht auf 3 Klafter Hart und 6 Klafter weich. Jetzt hats die Mutter, gehört aber meinn. Das können wir behalten oder verkaufen, das könn wür machen wie du willst und Was dir recht is.

Nro. 4 1700 March Pfandbrif, von mir selm erspahrt. Is frier merer gwest, aber hab forix Jahr auf mein Haus, siehe Nomoro 3, ein neus Dach machen missen.

Nro. 5. sonst nichts mehr, als mein sichern Dinst mit Gehalt Nomero 1.

Jetzt sag ob dirs recht is. Lege auch mein Fotergrafi bei, is aber nicht gutt troffen, schau in würklich besser aus. Lege noch gewünschte Blume bei, wenn auch richtig was is, und gleich zwei, aus libe. Daß is Speik und Edelrauthen, und ist das schönste was man bei uns hat. Bin 19 hundert Metter und höcher hinauffgestiegen, um diese seltne Blume für dich zu broggen, meine libe Johanna. Also grieße ich dich!

Und schreibe du mit Lauffender Post, ob es dir auch recht is.

Also grieße ich dich in Treue und heb dein

liber Damian Zagg,
Hausbesitzer und Ober–Jäger«

Dieser Brief und dazu das ernste, erwartungsvolle Gesicht des Damian, der sich auf diese Leistung seiner Feder nicht wenig einzubilden schien – das wirkte auf mich, daß ich flink aus der Stube mußte, um nicht laut herauszulachen. Was der Damian ernst nahm, durfte man nicht heiter finden. Da konnte er ungemütlich werden. Und ich wollte ihm die helle Laune seiner Ehestandsträume nicht verderben.

Ob wohl der guten Johanna in Wien der schreiende Widerspruch zwischen diesem Brief und dem poetisch gefärbten Schwung der »Anonze« auffallen würde? Diese Frage beschäftigte mich. Doch ich glaube, die Johanna hat nie gemerkt und nie erfahren, daß Damian Zagg, der so nach der Nummer antwortete, ein völlig anderer war als der sehr geehrte Herr, an den sie geschrieben hatte.

Eine Weile später kam der Damian zu mir hinauf ins Jagdhaus. Weil in einer halben Stunde die Post abginge, hätte er noch eine Bitte an mich. Ich wäre doch in Wien so gut bekannt. »Kunnten S' mehr da net den Gfallen toan und von meiner Johanna a bißl ebbes derfragen? Ob 's aa wahr is, daß si' s Madel so fleißi anstellt?«

Das versprach ich ihm. Und fragte lachend: »Vermutlich willst du auch wissen, wie es bei der Johanna mit der Bravheit aussieht? Als Mädel?«

»Ah na! Was ehnder war, geht mi nix an. Und bal mer amal gheiret haben, paß i scho selber auf, daß mehr d'Frau net außer der Hecken grast.«

Ich schrieb noch in der gleichen Stunde an einen Wiener Freund und bat ihn, möglichst verläßliche Erkundigungen über die Johanna einzuziehen.

Am andern Morgen, während ich mit dem Damian durch die graue Frühe zur Pirsche auszog, schwatzte er immerzu von dem »fleißigen Madl« – ganz gegen seine sonstige Gewohnheit sagte er niemals »Frauenzimmer«. Doch als wir in Wildnähe kamen, hieß es wie gewöhnlich: »jetzt müassen mer aber stad sein! «

Dann war ich eine Woche vom Jagdhaus abwesend. Bei meiner Rückkehr stand Damian Zagg schon auf der Lauer: »Herr Dokter! Seit gestern liegt scho allweil a Briaf da für Eahna. Aus Wean.«

»So? Und da bist du wohl neugierig?«

»Ja. Die Meining hat aa scho wieder gschrieben.« Er schmunzelte. »Dös Madl is scho völli narret.«

»Gib mir den Brief!«

»Den hab i der Muatter auffigschickt. Aber verhalten S' Eahna net! I geh mit auffi.«

In meiner Stube fand ich die Antwort des Wiener Freundes. Der schrieb: Diese Johanna wäre eine ganz famose Person, über die man überall nur gutes zu hören bekäme; sogar der Hausmeister hätte nichts an ihr auszusetzen; sie wäre 29 Jahr alt und hätte seit 14 Jahren bei einer verwitweten Hofrätin gedient, zuerst als Extramädel, dann als Köchin und schließlich als Pflegerin der kränklichen Frau. Der Hofrätin fiele es schwer, das Mädel herzugeben; aber sie würde der Johanna, wenn diese ihr Glück machen könnte, natürlich nichts in die Wege legen, ihr sogar durch eine Beisteuer zur Ausstattung die Gründung eines Hausstandes erleichtern.

Das las ich dem Damian vor. Eine Weile besann er sich. Dann sagte er: »A neue Montur hab i mer scho machen lassen. Gestern hat mer's der Leitnerbäuerin ihr Weibsbild einibracht. Morgen haben mer Freitag. Wann i morgen roasen kunnt, woar i graad am Sunnte drunt in Wean.«

Ich gab ihm die fünf Tage Urlaub, um die er bat. Und schrieb ihm die Reiseroute mit den Eisenbahnzeiten in seinen Taschenkalender. Damit ihm die Brautfahrt nicht gar zu teuer käme, wollte er dritter Klasse und mit dem Personenzug fahren. Dann mußte ich ihm das Telegramm an die Johanna aufsetzen: »Komme Samstag abends zehn Uhr mit Postzug, Gruß, Damian.«

Weil er zuerst noch mit seiner Mutter reden wollte, radelte er am Nachmittag in seiner neuen Montur davon. Die war aus hechtgrauem Loden gefertigt, mit reichlichem Verbrauch von spinatgrünem Tuch für Aufschläge und Hosenstreifen. Taschen und Ärmel waren mit rotem Stoff gefüttert; und auf den Joppenkragen hatte er sich große, goldene Eichenblätter sticken lassen. Mit diesen Farben leuchtete der Damian Zagg in der Sonne wie ein Stieglitz in seinem Hochzeitskleid.

, Während der folgenden Tage dachte ich viel an ihn – aber noch mehr an die Johanna.

Den Freitag hatte ich beim Urlaub nicht mitgezählt. Darum erwartete ich, daß der Damian am Mittwoch abend heimkommen würde. Aber am Dienstag in der Frühe, als ich vor der Tür des Jagdhauses in der Sonne stand, sah ich drunten durch den Wald etwas herblitzen. Und dann schob der Damian sein Radl über das Almfeld herauf.

»Autsch!« dachte ich mir. »Die Sache ist schlecht ausgefallen!« Und ging dem Danüan entgegen.

Er lupfte den Hut und lachte. »Gott sei Lob und Dank! Weil i nur wieder dahoam bin! Und an Wald schmeck! Teifi, Teifi! Und daß is glei sag, was mer passiert is ... wie i draußt vorbeiradl am neuen Schlag, steht z'mittest auf der Liachten der gute Zwölferhirsch, den i seit der Kolbenzeit nimmer gsehgn hab. Und völli verschlagen scho. Da müassen mer auffischaugn auf'n Abend. Passen S' auf, den schiaßen mer! Teifi, Teifi! Hat der a Gweih droben! «

»Na. da bin ich neugierig.« Ich lachte. »Und die Johanna? Wie steht's denn mit der?«

»Ah sooo?« Ernst vor sich hinguckend, rückte er den Hut aus der Stirne. Dann machte er eine merkwürdige Bewegung mit den Schultern – die eine zog er in die Höhe, die andere nach abwärts. »Da kann's jetzt guat oder schlecht gehn. Müassen mer halt schaugn, wia 's werd.« Mit dem blauen Sacktuch begann er seine neue Montur abzustauben.

»Was heißt das? So erzähl doch! «

»Freili, ja! Aber z'erst muaß i mer an Kaffee kochen. Ganz derlechznet bin i. A so a Roas! Dös is scho ebbes saumassigs. Hin und her schier achtavierzg Stund in so an Hundsstall drin. Und so a Gstank von die Leut! Und dös Schwitzen! Und allweil dös Rotteln und Schotteln! Teifi, Teifi! Vierzehn Täg wear i scho brauchen, bis i meine Darm wieder auseinander klaub.«

Er schob sein Radl zur Jägerhütte. Und bald darauf qualmte aus dem Schornstein ein blauer Rauch heraus, der sich in der schönen stillen Morgensonne wie ein blauer Schleier um die ganze Hütte wob.

Anderthalb Stunden später, um acht Uhr, kam Damian Zagg in meine Stube, barfüßig und in seinem alten Pirschgewand. Er setzte sich zu mir an den Schreibtisch und zündete sich gemütlich die Zigarre an, die ich ihm gab. Dann begann er zu erzählen – und erzählte zwei Stunden – und war noch immer nicht in Wien, erst in St. Pölten, wo er sich vier Paar Würsteln mit Meerrettich kaufte. In Reckawinkel warf er das Papier zum Fenster hinaus.

Von seinem Gespräch mit dem Portier der Abfahrtsstation bis zur Einfahrt in den Wiener Westbahnhof bekam ich mit Humor und Galle jedes kleinste Detail der Reise zu genießen, jeden Pfiff der Lokomotive, den er täuschend nachmachte, jeden Ruf der Kondukteure, das Bild eines jeden Reisenden, der da ein– und ausstieg, jedes Gespräch im Coupé, jeden Wagenstoß, jeden Schnäuzer und jeden Schweißtropfen des heißen Tages.

Als er bei Anbruch der Abenddämmerung das Wurstpapier zum Fenster hinausgeworfen hatte, machte er Toilette, erst zog er die Schuhe wieder an, dann putzte er an den Vorhängen des Coupés die Hände ab, wobei er die sonderbare Beobachtung machte, daß seine Hände noch schwärzer wurden. Und dann brachte er mit seinem Taschenkämmchen Haar und Bart in Ordnung.

»Gahlings tuat's an Pfief, wia der Teifi, bal 's sei Großmuatter siecht. Und der Zug fahrt eini in so an Ennstrumm Glasstadel. A Spitakel is gwesen, und da Gschroa, und d' Leut haben gredt daß i 's nimmer verstanden hab. No also, hab i mer denkt, jetzt bin i da! Jetzt, Dami, jetzt paß auf! Und wia i aussisteig aus 'n Hundsstall, derspecht i gleich von aller Weiten so a blasselets Madl, dös den Kragen aussistreckt und d'Augen umanandscheankelt wie narret. Teifi, denk i mer, weard's do am End net dö sein? Dö schaut ja nach gar nix aus! Dö roacht mer kaam bis an d' Achsel auffi! ... Und richtig war s' es! ... Malefizfotergraf, hab i mer denkt! Was der auf seim Bildl alles zammglogen hat! 's Gsichtl hätt gar net so übel ausgschaut. Aber so viel kloan beinand is 's Madl gwesen. Bal i am Werktag zuagreif, hab i scho 's ganze Frauenzimmer in der Pratzen. Was bleibt denn da für 'n Sunnte übri?«

Bedächtig streifte Damian die Asche von der Zigarre.

»Am liabsten waar i glei wieder einigsprunga in mein Hundsstall. Aber 's Madl hupft scho auf mi zua, wia der Frosch, dem 's Truckene z'lang dauert hat. Und »Herr Oberjäger«, sagt s', »gelten S', Sie sind's, Herr Oberjäger?« Und 's bloache Gsichtl is ihr fuieri woarn. Und gschnauft hat s' wie a Schmalgoas, wann s' trieben weard. »No ja«, sag i, »freili bin i 's!« Da hat s' mer d' Hand geben. »Grüß Ihnen Gott, Herr Oberjäger!« »Grüaß Gott, Johanna«, hab i gsagt, »jetzt bin i da, und mit 'm Siesagen brauchst di net plagen, bei mir dahoarn sagt a jede Du zu mir.« Und derweil schaug i s' allweil so an von der Seiten. Und da weard 's Madl gahlings bloach. I moan, sie hat gmirkt, daß s' mer net gar so bsonders gfallt. No also, und nacher san mer halt aussi zum Tempel. Und derweil mi 's Madl einigfüahrt hat in d' Stadt, da hab i ihr verzählt, wia mer d' Roas gwesen is, und daß mer in Sankt Pölten dö Würstln so viel guat gschmeckt haben. »Da kannst du doch nicht genug haben«, sagt s', »du mußt noch etwas genießen! « Und da hat s' mi in so a nobels Resterante führen wollen. »Ah na«, sag i, »da schaut's mer z'teuer aus, und spendieren laß i mer nix, eh daß i net woaß, wie i dran bin.« Nacher san mer in an Kaffeehaus gangen, und da hat mi d'Johanna zu so an Wasserbründl gfüahrt. »Schau, Damian«, hat s' gsagt, »Schau, da kannst du

dir die Hände waschen.« Dernach haben mer Kaffee trunken, i hab
den meinigen zahlt, und 's Madl hat den ihrigen zahlen kinna. Dös
hat's a bißl verschmaacht, daß s' net zahlen hat därfen für mi. Aber
so ebbes mag i net, i zahl mei Sach selber. No, und nacher hab i halt
so verzählt, wia 's ausschaugt bei uns, und von der Jagd, und von
dahoarn. Und 's Madl is allweil naacheter zuachigruckt. Und
gahlings nimmt s' mi bei der Hand und sagt mit so an Zwirnsfaden-
stimmerl: »Was meinst du, Damian? Meinst, daß du mich ein bisserl
gern haben könntest? Viel kann ich nicht verlangen, das weiß ich
schon. Aber doch ein bisserl halt?« Da hab i lachen müssen. »No«,
sag i, »a bißl mehr als a bißl hab i di scho gearn.« jetzt hätten S'
sehgn sollen, Herr Doktor, wia dös Madl auf amal lusti woarn is!
Schau, hab i mer denkt, dö waar net amal gar so übel! Aber wia s'
nacher gmirkt hat, daß mer d'Augen schwaar san, hat s' gsagt:
»Komm, Herzl«, hat s' gsagt, »komm, heut mußt du dich ausruhn!
« Um Elfe in der Fruah, so haben mer ausgmacht, soll i auffikom-
men zu ihrer Gnädigen. Ja, hat s'gsagt, dera stellt sie mich für. Und
nacher hat s' mit hoamgfüahrt ins Gasthaus, dös mer der Herr Dokter in der Mariahilferstraß rekammandiert haben. Und wie i d'
Hausglocken zogen hab ghabt, da hat si s' Madl gahlings so an mir
onighuschelet. Und völli ziedert hat s'! Da hab i wieder lachen
müassen. Und hab ihr halt a Bussel geben, in Gottsnamen! Aber 's
Madl hätt bald gar nimmer auslassen. »Sterben könnt ich«, hat s'
gsagt, »schau, Dami, sterben könnt ich für dich! « »Dös braucht's
net«, sag i, »mit 'm Sterben hat 's no Zeit, morgen reden mer z'erst
amal über 's Leben! « Und grad, wie i dös sag, spirrt der Hausmoas-
ter auf. Teifi, Teifi! Dö Nacht hab i aber guat gschlafen! Auf so a
Roas auffi!«

Eine Menge merkwürdiger Dinge wußte Damian von dem Gasthaus zu erzählen, von seinem Zimmer und von dem Frühstück, das
er sich, als er hörte, was es kostete, am liebsten wieder »aussigrissen
hätt ausm Magen«. Doch ich hörte nimmer recht auf den Damian.
Vor meinen Gedanken war das Gesicht der Johanna aufgestiegen,
dieses blasse Gesicht mit den armen Sehnsuchtsaugen.

Damian wollte erzählen, was er an diesem Sonntag morgen von
der Stadt und von ihrem Leben gesehen hatte. Doch ich sagte: »Das
brauch ich nicht zu wissen. Wien kenn ich. Erzähle mir, wann du
die Johanna wieder gesehen hast! «

»Punkter halber Elfe bin i vor'm Haustor gstanden. Und 's Madl hat schon paßt auf mi und hat mi auffigfüahrt zur alten Frau, dö so stad daghockt is in an Lehnstuhl. A feins Frauerl! Aber ausgschaut hat's wie a Tüachl voll Hasenboanln. I moan, dö muaß d' Schwindsucht haben. Aber freundli hat s' gredt mit mir. »Ja«, hat s' gsagt, »die Hannerl hat mir schon erzählt, wie freundlich Sie mit ihr waren, und wie gut ihr euch gestern gleich miteinander verstanden habt.« Und nacher hat s' Madl aus der Stuben müassen, und d' Frau hat so um alls zum fragen angehebt. Teifi, Teifi! Dö is neugiari gwesen! Und der Johanna ihre guaten Eigenschäften hat s' auffigstrichen übern Schellenköni. »Ja«, hat s' gsagt, »die Hannerl werde ich schwer vermissen. Aber der Mensch«, hat s' gmoant, »der woar net auf der Welt für ander Leut, sondern für eahm selber und für's eigene Glück!« Ja, ja, hab ich mer denkt, hast scho recht. «

Dann durfte die Johanna dem Damian die große schöne Wohnung zeigen.

»Teifi, Teifi! Dö Frau muaß a Saugeld haben! An der Schnuar hast aussigschaut durch sieben endsmäßige Stuben, oane schöner wia die ander. Und was für Sachen da umanandgstanden san! Teifi, Teifi! Und überall san so Knöpf an der Wand gwesen. Da hast bloß drahn därfen, und in der Stuben san d' Liachter dutzetweis aufgfahrn. Dös hat mer gfallen. Allweil hab i draht. Bis 's Madl gsagt hat: »Du, Herzl, das ist ein teurer Spaß! « Und allweil hat s' mi auf d' Seiten druckt, bald wieder so a Knöpfi kumman is.«

Dann behielt die Hofrätin den Damian Zagg zum Mittagessen. Er durfte bei ihr am Tisch sitzen, während die Hannerl aufwartete.

»No, und da hab i halt von der Jagd verzählt, und hab an Wein trunken, und hab so meine Gspasetteln gmacht, daß dös alte, kranke Frauerl völli gscheppert hat vor lauter Lachen. Und die Meinige, an dem glanzigen Gschirrkasten hint, dö hat allweil kudert vor lauter Freid. Und bal s' ebbes aufwarten hat müassen, hat s' mi allweil angschaut, und an Stolz hat s' ghabt mit mir wia der Bua mit der earsten Hosen. Ja! Und nach 'm Essen, wia die Meinig mit der Arbet firti war, no, da san mer nacher so beinandgsessen in der Meinigen ihrem Kamerl. Wie a Kirchl, a kloans, so hat dös Stüberl ausgschaut. Und da haben mer halt des ausgredt miteinander. Und 's Madl hat mer ihr Sach alles zoagt. Am ganzen Kasten voll Zuig hat s' ghabt. Und Bettwäsch und Tischtücher und Sach überanand, grad alles vom besten! Nach der Hirschbrunst, hab i gmoant, kunnten mer heireten. Solang i d'Jagdherrn im Revier hab, taat's mer net passen, und da hätt i aa koa Zeit net. Und 's Madl, derweil's ihren Kasten wieder einraumt, hat 's glei ausgrechnet, wieviel Täg dös no sein taaten. »Ach, Herzl«, hat s' gmoant, »noch zweiundachtzig Tage!« Da hab i lachen müassen. »Geh«, sag i, »geh her a bißl!« A Weil haben mer no so umanand gredt. Und nachher hab i's braucht.«

Ich glaubte mich verhört zu haben. »Was hast du?«

»No, braucht hab is halt.«

Im ersten Augenblick verschlug mir's die Rede. »Aber Damian ... « Ich verschluckte, was ich sagen wollte. Und fragte nur: »Hat sich denn die Johanna das gefallen lassen?«

»Gsprissen hat si' s Madl freili wie narret!« sagte er mit ruhigem Ernst. »Aber bal du di' net brauchen laßt, hab i gsagt, da kunnt i ja glauben, es taat ebbes fehlen dran. Wann oaner heiret, muaß oaner wissen, was 'r kriagt. Dös is bei uns dahoam allweil so. Da weard ma deintwegen koa neue Mod net einfüahren. Also! Ent oder weder, hab i gsagt. Und da hat s' dö Spreisserei gahlings aufgeben.«

Damian zündete sich mit Verbrauch von einem Dutzend Schwefelhölzeln die Zigarre wieder an, die ihm beim Erzählen ausgegangen war. Ich sah ihn an und schwieg. Der unschenierte, gewichtige Ernst, mit dem der Damian Zagg seine Brautstandsmoral entwickelte, und der Lakonismus seiner Darstellung hatte einen starken Zug von Komik. Doch ich konnte nicht lachen. Neben der Komik, die vom Damian ausging, fühlte ich den Einschlag der Tragödie, die über das Leben dieses braven, anständigen Mädels gefallen war. Welch ein weher Kampf muß damals in der kleinen Kammer, die sich ansah »wie ein Kirchl«, durch Herz und Seele dieses Mädels gegangen sein! Sie hat schon an ein »bisserl« Liebe geglaubt – und da erschrickt sie und wird an ihrem Glauben irr. Und sie kann diesen Glauben doch nicht sinken lassen. Darf das Glück nicht wieder verlieren, das schon so nah ist und herauslacht aus dem grünen Wald. »Ach, der Wald, der schöne Wald! Ach, das Glück, das schöne Glück! « Davon hat sie schon im Waisenhause geträumt. Und nun hat sich der Traum erfüllen wollen. Aber zwischen ihr und dem nahen Glück steht plötzlich diese häßliche Mauer, über die sie nicht hinüber will. Alles in ihr wehrt sich dagegen, ihr Schamgefühl, alle Reinlichkeit ihres armen Lebens, alles Gute in ihr. Und das Glück da drüben, das ihr helfen will und herübergreift, hat so grobe, schmerzende Fäuste! Sie zittert, sie möchte schreien. Aber da drückt ihr die Sehnsucht nach dem Glück die Kehle zu. Sie verhüllt die Augen und hat keinen Willen mehr – nur noch den Willen, ihr Glück nicht zu verlieren. »Entweder, oder! « Der Damian Zagg hätte in der kleinen Kirche dieses verwaisten Lebens ein stärkeres Wort nicht predigen können.

Und daß ich in meinem Gedanken die Johanna nicht falsch gesehen hatte, das bewies mir der Damian gleich.

»Dernach hat mi's Madl eigentli a bißl derbarmt!« erzählte er und blies während einer nachdenklichen Pause den Rauch seiner Zigarre in einem dünnen Faden vor sich hin. »Sö hat halt ehnder no nia mit oam ebbes z'toan ghabt. Allweil san ihr die staden Bacherln abigloffen. Und vor lauter Schenieren hat si 's Madl gar nimmer traut, daß 's mi anschaut. »Geh«, sag i, »sei net so dalket! Was is denn jetzt da dahinter?' Aber 's Madl schaugt allweil zum Fenster aussi und draht sie glei gar nimmer um. »No«, sag i und hab lachen müassen, »denkst ebba von mir jetzt aa so, wia du's von die Mannsbilder in deim Brief drin gschrieben hast: Pfui Teifi!« Da hat s'mi gahlings um 'n Hals gnumma und hat zum reahrn anghoben, daß i 's schier nimmer gschweigen hab kinna. »Geh«, sag i, »sei stad, und brauchst koa Surg net haben, woaßt, bal alles in der Ordnung is, weard gheiret auf 'n Schnall.« Da hat s' mi 's earstmal wieder angschaut. Und dös hab i aa no nia gsehgn, daß ma auf oan Sitz woana und lachen kon. »Geh«, sag i, »hock di her, daß mer no alles ausreden, der Abend weard glei da sein, und um Neune geht mei Zug.« »Jesus! « hat s' gsagt und hat si mauerbloach verfärbt übers ganze Gsicht. I hätt doch fünf Tag Urlab, hat 's gmoant, da könnt i do an Tag no zuageben. »Na na«, sag i, »d'Hauptsach haben mer ausgmacht, und jetzt treibt's mi hoam.« No, und da san mer no a Weil beinand ghockt, und derweil mer alles beredt haben, hat die Meinig a paar Tischtücher aus 'in Kasten gnumma und hat mit an roaten Faden a Zett übers blaue Jotta auffgnaht. Um a Fünfe nacher, da hat die Gnädige a paar Kaffeegäst kriagt, und die Meinige hat aufwarten müassen. Da hab i mi derweil einigsetzt in d' Kuchel.

Teifi, Teifi! Dö Köchin! Dö hat mer gfallen. A Frauenzimmer wie a Kürrassier, und Augen wia der Höllische, und so a gsunde Bruscht hat s' auffigstreckt wia der Wetterschrofen sei Stoanasen! Teifi, Teifi! So oane, dö hätt i gheiret.«

Damian lachte.

»Die Meinig hat völli zum eifern angfangt. Und auf d' Letzt, da hat s'noh aufgschnauft, weil i am Abend scho hoamgroast bin.«

Auf dem Bahnhof klammerte sich die Johanna so fest und lange an den Hals des Damian Zagg, daß sich der Konducteur ins Mittel legen und mahnen mußte: »Frauerl, jetzt müssen S' aber Ihr Mannderl auslassen, sonst fahrt der Zug ab. Pfiffen hat 's schon.«

Damian erzählte noch eine ganze Stunde. Aber von der Johanna sprach er kein Wort mehr, bis ich fragte: »Nach der Hirschbrunft willst du also heiraten?

Er zog die Stirn in Falten. »So gschwind geht dö Sach no allweil net. Jetzt müassen mer z'erst amal abwarten, was die Meinig schreibt.« Dann wollte er noch wissen, wie es am Abend mit der Pirsche wäre –und ging aus der Stube. Weil er barfuß war, hörte ich draußen im Flur keinen Schritt. Doch die leichte Holzstiege krachte unter dem Gewicht des Danüan Zagg.

Eine Sommerwoche um die andere verging. Wenn ich den Damian fragte, ob er noch nichts von Wien gehört hätte, sagte er immer das gleiche: »Dö hat scho wieder a paar Bögeln vull gschrieben. Aber nia steht ebbes drin.«

Im Bergwald fing es zu herbsteln an. Und die Ringdrosseln zogen fort.

Ende August sagte der Damian: »Wann s' jetzt net bald ebbes schreibt, nachher moan i allweil, mit uns zwoa weard's schlecht ausschaugn.«

Dann war's in der ersten Septemberwoche. Da kam der Damian in meine Stube und hatte was Dienstliches mit mir zu reden. Und plötzlich, mitten im Gespräche über die Jagd, sagte er: »Fürgestern hat s' mer wieder gschrieben. Dö aus Wean.«

»Nun, was schreibt sie?«

»Es waar nix! Und dös dalkete Frauenzimmer hat no die größte Freud drüber.«

»Und du? Was hast du ihr geschrieben?«

»Wann's bei ihr nix waar, nacher waar's bei mir aa nix.«

Dann guckte er mich mit scharfen Augen an, als hätte er irgendwas Merkwürdiges in meinem Gesicht gesehen.

Nach einer Weile sagte ich: »Damian! Das ist hart für das arme Mädel.«

Er zuckte die Achseln.

»Du! Damian! Wenn du auf meinen Rat noch etwas gibst, dann heirate die Johanna.«

»Na, Herr Dokter! Enkern Rat in Ehren! Aber da weard sie nix machen lassen. So a trückens Weibsbild. Was tua i denn mit so oaner? Dö kriagt koane Kinder.«

Im Klang seiner Worte war etwas Brutales, etwas Eisenhartes und Vernichtendes.

Und da mußte ich ihm in das Gesicht sagen: »Du! Die Johanna war doch bei dir nicht die erste. Wieviel Kinder hast denn du schon?«

Im ersten Augenblick schien er das nicht zu verstehen.

Dann lachte er mir ins Gesicht.

So muß ein Gott lachen, wenn er merkt, daß ein Wurm an ihm zweifelt

»Heut is 'r aber guat, der Herr Dokter! «

Mit diesem Worte, lachend, ging der Damian aus meiner Stube hinaus.

Von der Johanna sprachen wir nimmer miteinander.

Doch Ende September einmal, da kam ich ins Jägerhaus. Der Danüan war nicht daheim. Und wie es der Zufall wollte, fiel mein Blick auf den Spiegel, an dem eine Postkarte stak, mit einer Ansicht von Riva. Am Gardasee hab ich schöne Zeiten verlebt. Ich nahm das Blatt, um es zu betrachten.

Und da fand ich unter dem blauen See ein Dutzend eng mit Blei-stift gekritzelter Zeilen:

»*Lieber D.! Gestern bin ich mit der Eisenbahn an den schönen Bergen vorbeigefahren, auf denen du wohnest. Ach, die Berge, die schönen Berge! Meine gute gnädige Frau muß für den ganzen Winter nach Arco. Und da hat sie mich mitgenommen, daß ich ein bisserl was Schönes sehe. Also, so reise ich in die weite Welt. Also, so ist nun alles aus. Du wirst gewiß eine reiche, schöne Frau bekommen. Aber gewiß keine Treuere, als ich Dir gewesen wäre. Aber ich wünsche Dir von Herzen alles Gute.*

J. «

Diese kleine Karte, auf der das südliche Ufer so grün und der See so blau war, hab ich lange betrachtet. Dann steckte ich sie wieder an den Spiegel.

In den Tagen, die dann kamen, war der Oberjäger Zagg mit seinem Jagdherrn nicht zufrieden. Gegen mich benahm er sich mit spürender Vorsicht. Aber vor den Jägern und Dienstleuten räsonierte er: »jetzt spinnt 'r wieder amal. Woaß der Teifi, was 'r hat gegen mi? Fleißiger im Deanst bin i no nia net gwesen. Und pflichtschuldigst hab i eahm an jeden Hirsch und Gamsbock gmeldt.«

Am 1. Oktober kam es wegen einer Wilddieberei, die man in meinem Revier verübt hatte, und die der Oberjäger durch richtige Einteilung des Schutzdienstes hätte verhindern können, zu einem bösen Verdruß. Bei dieser Gelegenheit fuhr mir die Galle aus der Leber. Ich wurde grob. Sehr grob. Die andern Jäger duckten die Köpfe. Aber Damian griff in die Joppentasche, legte sein Dienstbuch und seine Jagdkarte auf meinen Schreibtisch. Und sagte–. »So laß i net reden mit mir. Unseroans hat aa an Ehr im Leib. Heut is der earste. Mein Ghalt fürs Vierteljahr hab i gestern kriagt. Jetzt san mer firti nüt anander.«

»Gut!« sagte ich. Und die Sache war erledigt.

Er versuchte noch, die beiden anderen Jäger zum Ausstand zu bereden. Aber die waren der Ansicht:

»Der Herr Dokter hat 's net so gmoant. Bal oam d' Lumpen z'mittelst im Revier drei Kälber niederschiaßen, weard si' der Jagdherr wohl ärgern Därmen.«

Ein paar Stunden später fuhr ich ins Dorf hinaus.

Auf der Straße überholte mein Wagen den Damian Zagg, der in seiner neuen Montur davonwanderte – in der Montur, die er sich für die Brautfahrt hatte machen lassen. Er grüßte nimmer. Und sah über mich hin, als wär' ich Luft – mit einem Blick, wie man von hohem Berge über die kleinen, trüben Täler wegzuschauen pflegt.

Mein Kutscher lachte und sagte über die Schulter: »Dös is oaner!«

Trotz allem war es mir leid, daß ich ihn verloren hatte. Ich hörte ihn gern erzählen – auch wenn er Dinge erzählte, die mir nicht gefielen. Und eines ist wahr: als Jäger hatte er nicht seinesgleichen.

Über den Autor

Geboren am 7.7.1855 in Kaufbeuren als Sohn eines Forstbeamten. Er arbeitete ab 1872 als Volontär in einer Augsburger Maschinenfabrik. 1873 entschloß er sich, Schriftsteller zu werden. Er studierte in den Jahren 1874-1877 Philosophie und Philologie in München und Berlin und promovierte 1879 zum Dr. phil. in Leipzig. Ab 1880 lebte er in Wien und war dort Dramaturg des Ringtheaters. Von 1886-1892 arbeitete er als Feuilletonredakteur, dann als freier Schriftsteller.Ganghofer war ein ebenso produktiver wie erfolgreicher deutscher Volksschriftsteller. Seine Romane aus der bayrischen Alpenwelt zeigen in effektvoller Weise die Schicksale und Erlebnisse meist einfacher Menschen. Ganghofer starb am 24.7.1920 in Tegernsee.

Über tredition

Eigenes Buch veröffentlichen

tredition wurde 2006 in Hamburg gegründet und hat seither mehrere tausend Buchtitel veröffentlicht. Autoren veröffentlichen in wenigen leichten Schritten gedruckte Bücher, e-Books und audio-Books. tredition hat das Ziel, die beste und fairste Veröffentlichungsmöglichkeit für Autoren zu bieten.

tredition wurde mit der Erkenntnis gegründet, dass nur etwa jedes 200. bei Verlagen eingereichte Manuskript veröffentlicht wird. Dabei hat jedes Buch seinen Markt, also seine Leser. tredition sorgt dafür, dass für jedes Buch die Leserschaft auch erreicht wird.

Im einzigartigen Literatur-Netzwerk von tredition bieten zahlreiche Literatur-Partner (das sind Lektoren, Übersetzer, Hörbuchsprecher und Illustratoren) ihre Dienstleistung an, um Manuskripte zu verbessern oder die Vielfalt zu erhöhen. Autoren vereinbaren direkt mit den Literatur-Partnern die Konditionen ihrer Zusammenarbeit und partizipieren gemeinsam am Erfolg des Buches.

Das gesamte Verlagsprogramm von tredition ist bei allen stationären Buchhandlungen und Online-Buchhändlern wie z. B. Amazon erhältlich. e-Books stehen bei den führenden Online-Portalen (z. B. iBookstore von Apple oder Kindle von Amazon) zum Verkauf.

Einfach leicht ein Buch veröffentlichen: **www.tredition.de**

Eigene Buchreihe oder eigenen Verlag gründen

Seit 2009 bietet tredition sein Verlagskonzept auch als sogenanntes "White-Label" an. Das bedeutet, dass andere Unternehmen, Institutionen und Personen risikofrei und unkompliziert selbst zum Herausgeber von Büchern und Buchreihen unter eigener Marke werden können. tredition übernimmt dabei das komplette Herstellungs- und Distributionsrisiko.

Zahlreiche Zeitschriften-, Zeitungs- und Buchverlage, Universitäten, Forschungseinrichtungen u.v.m. nutzen diese Dienstleistung von tredition, um unter eigener Marke ohne Risiko Bücher zu verlegen.

Alle Informationen im Internet: **www.tredition.de/fuer-verlage**

tredition wurde mit mehreren Innovationspreisen ausgezeichnet, u. a. mit dem Webfuture Award und dem Innovationspreis der Buch Digitale.

tredition ist Mitglied im Börsenverein des Deutschen Buchhandels.

Dieses Werk elektronisch lesen

Dieses Werk ist Teil der Gutenberg-DE Edition DVD. Diese enthält das komplette Archiv des Projekt Gutenberg-DE. Die DVD ist im Internet erhältlich auf **http://gutenbergshop.abc.de**

MIX

Papier | Fördert
gute Waldnutzung

FSC® C083411

Zeitfracht Medien GmbH
Ferdinand-Jühlke-Straße 7
99095 Erfurt, Deutschland
produktsicherheit@kolibri360.de